सीढ़ियाँ

(नाटक)

वाणी प्रकाशन

21-ए, दरियागंज, नयी दिल्ली-110002

Ph : 23273167, 23275710 Fax : 23275710
email : vani_prakashan@yahoo.com

सीढ़ियाँ

लेखक

दया प्रकाश सिन्हा

वाणी प्रकाशन का 'लोगो'
विख्यात चित्रकार मक़बूल फ़िदा हुसेन की
कूची से

ISBN : 978-81-8143-771-6

वाणी प्रकाशन
21-ए, दरियागंज, नयी दिल्ली-110002
द्वारा प्रकाशित

प्रथम संस्करण : 2008

मूल्य : 125.00

आवरण : वाणी चित्रांकन

जय भारत प्रिंटर्स, दिल्ली-110032
द्वारा मुद्रित

SEERIYAA
by Daya Prakash Sinha

सोमेश और प्राची
के लिए

प्रथम प्रस्तुति

'दर्पण' लखनऊ द्वारा इस नाटक की सर्वप्रथम प्रस्तुति 29 मई, 1990 को रवीन्द्रालय, लखनऊ में निम्नलिखित की सहभागिता से सम्पन्न हुई :

मंच पर

सलीम	मिथिलेश चतुर्वेदी
बानो	अल्पना उप्रेती
खालू	अशोक कुमार घोष
ऊधमबाई/क़ुदसिया बेगम	सन्ध्या रस्तोगी
वहीदा	गीता मिश्रा
मोहम्मदशाह	विजय श्रीवास्तव
बब्बन	मनोज जोशी
नब्बन	विजय तिवारी
छक्कन	चन्द्रशेखर पाठक
जावेद ख़ाँ	प्रयाग वर्मा
अली मदीन क़जलबाश	अशोक सिन्हा
नूरबाई	शोभा दरियानी
मोहम्मद ख़ाँ तुर्कमान	दिलीप श्रीवास्तव
भान ख़ाँ	एम.एम.आब्दी
अमीरन	नीना माथुर
अहमद शाह	गुंजन बसन्त
चुन्ने ख़ाँ	अनुराग रस्तोगी
सफ़दरजंग	अशोक सिंह
बुरके वाला	संजीव निगम
अमीर-1	सूरज
अमीर-2	इन्द्रेश अवस्थी

अमीर-3	एस.के. गर्ग
अमीर-4	अहमद फ़ारूकी
सिपाही	अनुज सिंह, आलोक त्रिपाठी, शचीन्द्र कुमार, संजीव कपूर, सुशील श्रीवास्तव
मुनादी वाला	अनुज सिंह

नेपथ्य में

मंच-परिकल्पना	के.बी.चन्द्रा
मंच-निर्माण	मधु, धीरेन
संगीत-परिकल्पना	उर्मिल कुमार थपलियाल
मंच-संचालन	अनिल रस्तोगी
कला निर्देशन	योगी
प्रस्तुतकर्ता	विद्यासागर गुप्ता
लेखन एवं निर्देशन	**—दया प्रकाश सिन्हा**

नाटककार का दृष्टिकोण

(प्रथम संस्करण की भूमिका)

'सीढ़ियाँ' मेरे पिछले नाटकों से भिन्न है। मेरे प्रायः सभी नाटकों में आस्था की प्रतिष्ठा है। 'कथा एक कंस की', 'इतिहास चक्र', 'ओह अमेरिका', 'सादर आपका', 'मन के भँवर', 'मेरे भाई-मेरे दोस्त', 'अपने-अपने दाँव' आदि नाटकों की ज़मीनें अलग-अलग हैं। इनमें उठाये गये मुद्दे भी अलग हैं, कथानक भी भिन्न हैं। हास्य-व्यंग्य, मिथक, इतिहास, जीवन के अलग-अलग पक्षों को स्पर्श करते इन तमाम नाटकों को जोड़ने वाला केवल एक सूत्र है—आस्था। मेरे व्यक्तिगत जीवन की अभिव्यक्ति इनमें है। कहीं मैं स्वयं हूँ इन नाटकों में।

फिर मुझे कुछ ऐसे अनुभव हुए जिससे मेरे जीवन-मूल्यों की आधारशिला पर प्रहार हुआ। मुझे लगा, मेरे नाटक नक़ली है। वे मेरे आदर्शों के बोझ से दबे हैं। कोई रचना जब रचनाकार के व्यक्तिगत अनुभव के दायरे से निकलकर, समाज के अनुभव से जुड़ती है, जब व्यक्ति का विस्तार समष्टि में होता है, तभी वह रचना कालजयी बनती है। इसलिए 'सीढ़ियाँ' नाटक में नाटककार नहीं है। उसकी आस्था और आदर्श नहीं है। इसमें समाज है, वर्तमान है। इसमें नाटककार केवल आईना है।

'सीढ़ियाँ' नाटक मैंने चौदह वर्षों के अन्तराल के पश्चात् पूरा किया है। पूरे चौदह वर्षों के पश्चात्। 1974 में 'कथा एक कंस की' लिखा था। 1976 में 'सादर आपका'। फिर परिस्थितियों के सैलाब में कुछ ऐसा डूबा-उतरा कि लिख ही नहीं सका। यह नहीं कि लिखना नहीं चाहता था। लिखना चाहता था, फिर भी नहीं लिख सका। 'सीढ़ियाँ' का पहला आलेख 1986 में ही पूरा कर लिया था, जब एक प्रशिक्षण के दौरान एक मास तक मसूरी में रहना पड़ा। फिर आगे गाड़ी नहीं बढ़ सकी। दो और दृश्य जोड़ने थे, एक-दो काटने और एक-दो घटाने थे। बस, इसमें चार साल लग गये। कुल मिलाकर चौदह वर्ष।

इस नाटक को पहले पूरा नहीं कर सका, इसका खेद है। किन्तु नाटक से मैं पूरी तरह आश्वस्त हूँ। इसलिए नहीं कि यह नाट्य-विधा में अन्तिम शब्द है, बल्कि इसलिए कि हिन्दी में रचे गये नाटकों में यह सबसे अलग है। यह किसी ऐतिहासिक व्यक्तित्व के इर्द-गिर्द नहीं घूमता और न किसी ऐतिहासिक घटना के। 'सीढ़ियाँ' का नायक वह काल-खण्ड है जो पात्रों के माध्यम से इस नाटक में स्थापित

है। मुग़ल शासन के अन्तिम चरण में, साम्राज्य के बिखराव के साथ सामाजिक विघटन का वह काल-खण्ड, जो समाज के गिरते जीवन-मूल्यों के साथ अपनी दोशीज़गी (कौमार्य) खो बैठता है। जहाँ वही सत्य है, जिसकी जय हो। सत्य पर असत्य, आस्था पर अनास्था, प्रेम पर वासना, करुणा पर हिंसा और विश्वास पर घृणा की जीत युगधर्म है। पतित समाज, भ्रष्ट अहलकार, विलासी हुक्मराँ—ऐसे बदरंग हैं, जिनसे बनी है, गुज़रे वक़्त की तसवीर। वक़्त के साथ ये रंग न घुले, न उड़े। वर्तमान की तसवीर में भी इन रंगों की झलक है, कहीं-न-कहीं। नाटक के पाठक/दर्शक आज की तसवीर में इस बीते कल की तस्वीर के रंगों की झलक देख सकें, बस, इतना ही तो नाटक का उद्देश्य है...।

मैंने इस नाटक की परिकल्पना क़ुदसिया बेगम और जावेद की प्रेमकथा के रूप में की थी, किन्तु जब लिखने लगा, तो प्रेमकथा गौण हो गयी। वह युग उभर कर ऊपर आया जिसमें सामान्य स्त्री का प्रेम भी अवमूल्यित हो जाता है। वह एक सामान्य पुरूष से नहीं, एक अपुरुष से प्रेम कर जीवन को परिणति देती है। किन्तु नाटक लिखने के दौरान, सलीम का चरित्र, दृश्य-दर-दृश्य बनने लगा। हाशिए पर बनाया उसका रंगीन चरित्र तस्वीर के बीच आने लगा। उसका सफलता के लिए सीढ़ियाँ लाँघना, हमको आज के समाज से एकदम जोड़ता हैं—शताब्दियों के अन्तराल के बीच सेतु-जैसा।

कुछ वर्षों पहले मैनें जोश मलिहाबादी की आत्मकथा 'यादों की बारात' पढ़ी थी। उसके एक प्रसंग में उन्होंने हैदराबाद के निज़ाम का अश्लील, बाज़ारू गाली बकते हुए चित्रण किया है। इसे पढ़कर मैं चकित रह गया। आहत हुआ। ऐसी गन्दी गालियाँ देना मध्यवर्ग के लिए तो अकल्पनीय है। दिमाग़ में खिचड़ी पकती रही। सच ही यह मध्यम वर्ग के लिए अकल्पनीय है। किन्तु उस सामन्ती वर्ग के लिए नहीं। उस वर्ग के लिए कुछ भी अकल्पनीय नहीं है। तब लगा कि फ़िल्मों में राजा, बादशाह आदि का कलफ़ लगा, हर समय फूल सूँघता, संवाद बोलता चित्रण कितना बनावटी होता है। राजा-महाराजा भी तो अन्ततः मनुष्य ही होते हैं। उनमें मानवीय प्रवृत्तियाँ, अच्छी-बुरी, ऊँची-नीची, उदात्त और ओछी उसी अनुपात में होती हैं, जिस अनुपात में सामान्य मनुष्य में। बाहरी मुखौटा उतार कर जब वह अपने में होते हैं, तो किसी अन्य साधारण मनुष्य से भिन्न नहीं होते। इस परिप्रेक्ष्य में शहंशाह की मुखौटाविहीन महफ़िले-याराँ, चुहल, विलास, सब स्वाभाविक ही हैं। विशेषकर तब, जब इसके लिए ऐतिहासिक साक्ष्य भी उपलब्ध हों। शंहशाह के शोख़ रंगों से बने चित्र से भिन्न, शहंशाह की 'अप्रतिमा' क्या स्वीकार की जायेगी ?

× × ×

कुछ वर्षों पूर्व गोवा गया था। वहाँ से तीस-चालीस किलोमीटर दूर एक छोटे कस्बे की रंगशाला देखने का अवसर मिला। रंगशाला की ईंटों की दीवारों पर प्लास्टर नहीं था। टीन की छत थी। लगभग सात-आठ सौ के बैठने की व्यवस्था थी। साथ ही

रंगमंच भी इतना बड़ा था कि उस पर आसानी से कोई नाटक खेला जा सके। किन्तु जिसने मुझे सर्वाधिक आकर्षित किया, वह था एक लकड़ी का नोटिस-पट्ट जिस पर मराठी में लिखा था—'फुल हाउस। रसिक दर्शकों को धन्यवाद।' इसको देखने से मुझे ज्ञात हुए कि इस ख़स्ता-हाल रंगशाला में अभिमंचित नाटकों के लिए टिकट ख़रीदकर देखने वालों की प्रायः इतनी भीड़ उमड़ती है कि टिकट समाप्त हो जाते हैं और आयोजकों को बार-बार 'फ़ुल हाउस' का बोर्ड लगाना पड़ता है। इसलिए उन्होंने स्थायी रूप से इस आशय का बोर्ड 'पेण्ट' करवाकर रख लिया है। मेरे मन में टीस उठी। कब हिन्दी रंगमंच भी इतना लोकप्रिय होगा। कब हिन्दी रंग-आयोजक इसी प्रकार फुल-हाउस का बोर्ड पहले से 'पेण्ट' करवाकर रखेंगे? क्या जन-सापेक्ष होने से मराठी रंगमंच का स्तर हिन्दी रंग-प्रस्तुतियों से किसी प्रकार हीन है? क्या जन-स्वीकार से अलंकृत रंगमंच के नाटकार और निर्देशक हिन्दी रंग-निर्देशकों और नाटकारों से निम्न स्तर के हैं?

स्वतन्त्रता के पूर्व हिन्दी क्षेत्र में रंगमंच-नाममात्र को ही था। और आज तैंतालीस वर्ष पश्चात भी हिन्दी रंगमंच प्रायः उसी स्थिति में है। इसके लिए आज दूरदर्शन को दोष दिया जाता है। दूरदर्शन के 'सीरियलों' को दोष दिया जाता है। मंच कलाकार कब तक भूखे पेट रह सकते हैं? यह प्रश्न उठाया जाता है। लेकिन इसका उत्तर कौन देगा कि क्या कारण है कि चालीस वर्षों के बाद भी हिन्दी रंगमंच समाज में अपनी जगह नहीं बना सका? क्यों दर्शक निशुल्क नाटक देखने नहीं जाते? क्यों हिन्दी के कुछ तथाकथित प्रमुख नाट्यदल केवल लाखों रुपयों की सकारी सहायता से चल रहे हैं? क्यों वह सामान्यजन से कटे हैं? क्यों उन्हें जन-स्वीकृति और जन-संरक्षण प्राप्त नहीं है?

पिछले चालीस वर्षों का लेखा-जोखा जब लिया जायेगा तब वह लोग कटघरे में खड़े किये जायेंगे, जिन्होंने हिन्दी रंगमंच को उस जगह पहुँचाया, जहाँ पर वह अब है। आज रंगमंच समाज के अनुभव का दस्तावेज़ न होकर पश्चिम की भौंडी नक़ल का माध्यम बन गया है। यूरोप में 'थियेटर ऑफ एब्सर्ड' का बोल बाला है, तो यहाँ भी उसी नक़ल में ऊल-जलूल नाटक करना एक फ़ैशन-सा बन गया है। यूरोप के एक निर्देशक द्वारा मनो-शारीरिक रंगमंच प्रारम्भ हुआ। यहाँ के नगरों में भी रंगमंच पर सामूहिक कसरत प्रारम्भ हो गयी। कोई आयातित 'टोटल थियेटर' लेकर उड़ चला : बेसुरे कण्ठों ने रंगमंचों पर रेंकना शुरू किया तो दर्शक प्रेक्षागृह से बाहर ऐसे गये कि टिकट बेचने की परिपाटी ही समाप्त हो गयी। कौन ख़रीदेगा टिकट? और क्यों ख़रीदे?

× × ×

मैंने नाटक कभी फ़ैशन के लिए नहीं लिखा। मैं जो हूँ, जो मेरा परिवेश है, जो मेरे अनुभव सीमा से आबद्ध हैं, उसी को नितान्त ईमानदारी से नाटकीय, मुहावरों में उतारने का प्रयत्न किया है। मेरा जन्म गाँव में नहीं हुआ, और न मैं गाँव में पला-बढ़ा। इसलिए मैंने 'गोबर' जैसे किसी पात्र को गढ़ने का प्रयत्न नहीं किया,

'गोदान' जैसी कोई रचना की। बिना 'लमही' के कोई प्रेमचन्द नहीं बन सकता। कोशिश करके भी कोई रेणु नहीं बन सकता। मैंने सदैव अपनी सीमा को जाना है। बिरहा, कजरी, लाँगुरिया की मैने साँस नहीं ली, और न ये मेरे रक्त में घुले हैं। इसीलिए जब 'फ़ोक-इस्टाइल' नाटकों का चलन हुआ, तो मैं इनसे दूर ही रहा। उन बेचारे शहरी निर्देशकों पर मुझे सदा ही तरस आया, जो बिरहा, कजरी, चैती, घाटो, विदेसिया, रसिया, लाँगुरिया, ख़याल, आल्हा, चार-वेद आदि में अन्तर न जानते हुए भी नाटक में कुछ गाना बजाना डालकर समझ बैठते हैं कि उन्होंने नाटक को गाँवों से जोड़ दिया। ऐसी कृत्रिम दोग़ली प्रस्तुतियों ने हिन्दी रंगान्दोलन को जो क्षति पहुँचायी है, वह अकल्पनीय है। मैं नाट्य प्रस्तुतियों में लोक-तत्त्वों के समावेश का स्वागत करता हूँ। इसके लिए आवश्यक है कि निर्देशक की लोक-विधा में गहरी पकड़ हो, तब ही नाटक के साथ न्याय होगा—जैसे रतन थियम द्वारा 'चक्रव्यूह' नाटक में। लेकिन प्रयोग के लिए प्रयोग की प्रवृत्ति जो पिछले दस-पन्द्रह वर्षों में देखी गयी, उसने हिन्दी रंगमंच का मर्सिया ही लिख दिया है। मैं आशा करता हूँ कि विद्वान/समीक्षक रंगकर्मी हिन्दी रंगान्दोलन के ह्रास्व के कारणों का विश्लेषण करेंगे और एक नयी शुरूआत करेंगे।

× × ×

प्रकाशन के पूर्व यह नाटक लखनऊ की प्रसिद्ध नाट्य-संस्था 'दर्पण' द्वारा मंचस्थ किया गया था। मैंने स्वयं इसका निर्देशन किया था। किसी भी नाटक की 'अग्नि-परीक्षा' उसका अभिमंचन है। मैं आश्वस्त हुआ, जब खचाखच भरे रवीन्द्रालय के क्षीण वातानुकूलन के पश्चात भी दर्शक उमस और गर्मी बर्दाश्त करते हुए, नाटक के अन्त तक बैठे रहे। नाटक के सफल अभिमंचन के पीछे डॉ॰ अनिल रस्तोगी, श्री के. बी. चन्द्रा, श्री उर्मिल थपलियायल तथा श्री योगी का अमूल्य रचनात्मक-सान्निध्य मेरे लिए व्यक्तिगत उपलब्धि है। हिन्दी को समर्पित श्री बिशन टण्डन (बिशन भाई) लेखक ही नहीं, हिन्दी के संरक्षक भी हैं। उनके प्रति आभार प्रकट करके मैं उनके स्नेह से विमुक्त नहीं हो सकता।

—दया प्रकाश सिन्हा

2.9.90
लखनऊ

द्वितीय संस्करण की भूमिका

प्रकाशन के पूर्व 1990 में लखनऊ की प्रसिद्ध संस्था 'दर्पण' के साथ मैंने 'सीढ़ियाँ' नाटक निर्देशित किया था। भाग्यवान था कि मुझे सुप्रसिद्ध और प्रतिष्ठित रंगकर्मी के.बी. चन्द्रा, उर्मिल थपलियाल और अनिल रस्तोगी का सहयोग प्राप्त हुआ।

इसके ग्यारह वर्षो के पश्चात् मैंने दिल्ली की 'स्नेह भारती' संस्था के लिए 'सीढ़ियाँ' को पुनः निर्देशित किया। नाटक की अनेक प्रस्तुतियाँ दिल्ली, नोएडा, लखनऊ, इलाहाबाद और गुवाहटी नगरों में हुई। विभिन्न दर्शकों और समीक्षकों की प्रतिक्रिया ने एक बार पुनः नाटक के स्तर और गुणात्मकता के प्रति आश्वस्त किया। इसी नवीन विश्वास के साथ नाटक का यह संस्करण प्रस्तुत है।

दिल्ली

अप्रैल 2007

—दया प्रकाश सिन्हा

प्रथम अंक

दृश्य : एक

(जमुनापार पटपड़गंज इलाके में मस्जिद के पीछे की दीवार में एक छोटी-सी कोठरी। उसके दरवाज़े के बाहर सलीम ढोल बजा रहा है।)

सलीम : **(ढोल बजाते हुए)** ख़ल्क ख़ुदा का, मुल्क क़िब्ला जनाब अबुल मुज़फ़्फ़र नसीरुद्दीन मोहम्मदशाह बादशाह ग़ाज़ी का, हुकूमत सूबेदार-ए-दिल्ली, दौलतुज्ज़म्मा शेख़ मिर्ज़ा सलीमशाह बहादुर की।

बानो : **(कोठरी से निकलते हुए)** अरे सलीम, क्या दिल्ली के सूबेदार बदल गये?

सलीम : हाँ, अब दिल्ली में नये सूबेदार हैं।

बानो : क्यों?

सलीम : क्योंकि अब नये सूबेदार हैं।

बानो : वही तो पूछ रही हूँ—पुराने कहाँ गये?

सलीम : **(बेसब्री से)** जहन्नुम में गये। ...मर गये।

बानो : मर गये? कैसे?

सलीम : जैसे सब मरते हैं। बस टें हो गये।

बानो : मेरा मतलब है—कैसे मरे? अपने आप या किसी ने.....

सलीम : मैने मार दिया। मैने मार डाला।

बानो : क्या कहते हो?

सलीम : क्यों मर गये! कब मर गये! कैसे मर गये! क्यों, कब, कैसे? सवाल तो ऐसे पूछती है, जैसे पुराने सूबेदार की कुछ लगती है!

बानो : **(सफाई देते हुए)** मेरा मतलब था...

सलीम : जाने दे, जाने दे। जो गया उस पर मिट्टी डाल। अब नये की फ़िक्र कर।

बानो : मेरे लिए जैसा पुराना, वैसा ही नया। कोई भी हो, मुझे क्या लेना-देना?

सलीम : **(स्वर बदलकर)** ऐ लड़की, तू बेहद बदतमीज़ है।

बानो : क्या हुआ?

सलीम : तुमने नये सूबेदार को कोर्निश की?

बानो : **(इधर-उधर देखकर)** कहाँ हैं नये सूबेदार?

सलीम : लगता है तुम्हारी बीनाई कुछ कमज़ोर हो गयी है **(ढोल कन्धे से उतारते हुए)** ख़ालू से इलाज के लिए कहना पड़ेगा।

बानो : लेकिन...

सलीम : **(अकड़कर रौब से)** झुककर सलाम करो। दिल्ली के नये सूबेदार तुम्हारे सामने खड़े हैं।

बानो : अरे तुम। तुम्हीं हो **(सोचते हुए)**...मिर्ज़ा...

सलीम : हाँ, शेख़ मिर्ज़ा सलीम बेग शाहबहादुर। पचीस हज़ारी मनसबदार।

बानो : **(खिलखिलाकर हँसते हुए)** नये सूबेदार ! नये मनसबदार!

सलीम : हँसने की क्या बात है?

बानो : **(हँसी रोककर)** सलीम, तुम्हारे नाम के आगे-पीछे यह शेख़, मिरज़ा, बेग—वग़ैरा कैसे लग गया?

सलीम : मैंने लगा लिया।

बानो : क्यों?

सलीम : बड़ी क़ुन्दज़हन औरत से पाला पड़ा है। दिल्ली के सूबेदार का छोटा-सा नाम होगा? बस, बित्ते भर का नाम—सलीम! न कुछ आगे और न कुछ पीछे?

बानो : **(समझते हुए)** तो दिल्ली के नये सूबेदार का नाम है यह।

सलीम : क्या करता। सूबेदारी करनी है, तो नाम के आगे-पीछे कुछ लगाना ही पड़ेगा। जितना बड़ा ओहदा...

बानो : उतना ही बड़ा नाम।

सलीम : **(गरूर से)** शेख़ मिर्ज़ा सलीमबेग शाह बहादुर। दौलतुज्ज़मा इन्तज़ामुद्दौला...

बानो : हौला! भौला! मौला?

सलीम : देख बानो, मेरा मज़ाक न बना। मैं ख़्वाब देख रहा हूँ। देखने दे।

बानो : तो आप ख़्वाब देख रहे हैं?

सलीम : मैं दिल्ली का सूबेदार हूँ। हवादार में बैठा हूँ। हवादार में मख़मल का मसनद बिछा है। गाव तकिये पर क़मख़ाब का ग़िलाफ़ है। उस पर आराम से मैं अधलेटा हूँ। चार कहार आगे और चार कहार पीछे हवादार को उठाये चल रहे हैं।

बानो : वाह!

सीढ़ियां

प्रस्तुतिः भारत भवन, भोपाल

निर्देशकः शेखर वैष्णवी
प्रस्तुतिः भारत भवन, भोपाल

सीढ़ियां

प्रस्तुतिः स्नेह भारती, दिल्ली

प्रस्तुतिः स्नेह भारती, दिल्ली

सीढ़ियां

प्रस्तुतिः स्नेह भारती, दिल्ली

प्रस्तुतिः स्नेह भारती, दिल्ली

सीढ़ियां

प्रस्तुतिः स्नेह भारती, दिल्ली

प्रस्तुतिः संकेत, लखनऊ

सलीम : मैं क़िलए-मोअल्ला से अपनी हवेली को वापस आ रहा हूँ।

बानो : कहाँ से?

सलीम : क़िलए, मोअल्ला से। **(मायने समझाते हुए)** मतलब लाल क़िले से।

बानो : लाल क़िला क्यों नहीं कहते?

सलीम : **(झल्लाकर)** लाल क़िला तो हर ऐरा-ग़ैरा नत्थू-ख़ैरा कहेगा। दिल्ली का सूबेदार हूँ इसलिए कहता हूँ—क़िलए मोअल्ला। **(बड़बड़ाते हुए)** न जाने किस क़ुन्दज़हन से पाला पड़ा है।

बानो : समझ गयी, सूबेदार साहब! समझ गयी। आगे बढ़िये।

सलीम : हवादार के आगे सिपाही। हवादार के पीछे सिपाही। अगल बगल सिपाही। मैं गाव तकिये के सहारे मसनद पर अधलेटा इधर-उधर के नज़ारे ले रहा हूँ। और हवादार बढ़ रही है...ख़रामा...ख़रामा...

बानो : हवादार को रोकिये, सरकार! आपकी हवेली आ गयी।

सलीम : हवेली आ गयी?

बानो : जी हाँ परवर-दिगार!

सलीम : तो रुक गये हम।

बानो : हवेली पर पहुँचकर सूबेदार ने क्या किया?

सलीम : वही जो सूबेदार करते हैं।

बानो : मसलन...

सलीम : हम देखते हैं हवेली को। दरबान, चोबदार, चौकीदार सब कोर्निश में झुके हैं। आदाब...आदाब...आदाब। हमने जवाब में गर्दन झुकायी—बस थोड़ी-सी। हम बढ़े। हवेली का दरवाज़ा खुला। हमने हवेली के अन्दर क़दम रखा तो, बस...

बानो : बस क्या?

सलीम : हरम की हूरों ने हमें घेर लिया। एक से एक ख़ूबसूरत, एक से एक हसीन। एक से एक नाज़ुक, एक से एक रंगीन। हाय! क्या शबाब की शबनम है! हुस्न का मेला है! हमने किसी की ज़ुल्फ़ सूँघी; किसी के गाल पर चुटकी काटी, किसी का बाज़ू पकड़कर अपने आग़ोश में खींचा **(बानो की बाह पकड़कर अपने पास खींचता है।)**...

बानो : **(अपने को छुड़ाते हुए)** क्या करते हो? कोई देख लेगा।

सलीम : देखेगा कौन?

बानो : अब्बा नमाज़ पढ़ने गये, आते होंगे?

सलीम : **(अचानक नाटकीयता से)** बस तोड़ दिया ख़्वाब। अच्छा-भला मैं अपनी हवेली के हरम में था। हसीनों की महफ़िल थी। ख़ुशबुओं का हुजूम था। फ़िज़ा में उनकी आँखों के तारे और हँसी के जुगनू थे। और तुम ख़ालू को वहाँ लेकर पहुँच गयीं। कबाड़ा कर दिया ख़्वाब का।

बानो : (रूठकर) मेरे अब्बा तुमको इतने बुरे लगते हैं।

सलीम : बुरे नहीं लगते। लेकिन तुम्हीं बताओ, इन्दर-सभा में तुम्हारे अब्बा का क्या काम? वह लाठी हाँकते आयेंगे और चालू हो जायेंगे—शराब हराम है। मौसीक़ी हराम है। रक़्स हराम है। (चिढ़कर) जब सब ही हराम है, तो बचा ही क्या। कह दो ज़िन्दगी भी हराम है।

बानो : उन्हें ख़ुदा का ख़ौफ़ है। ज़िन्दगी भर उन्होंने पंचवक़्ता नमाज अदा की है।

सलीम : मगर मिला क्या उन्हें? फ़ौज में सिपाही थे (नकल करते हुए) "सब ख़ुदा के बन्दे हैं। लूटना, ख़ुदा की निगाह में क़ुफ़्र है।" अरे सिपाही लूटेगा नहीं, तो सिपाही कैसा। जिस ख़ुदा का इतना भरोसा था, उसने क्या दिया। आंखें भी ले लीं।

बानो : ऐसा मत कहो।

सलीम : क्यों न कहूँ। क़ुरान की आयतें, शरीयत की हिदायतें, मौलवी की नसीहतें, बस ग़रीबों के लिए ही होती है।

बानो : वह सबके लिए हैं।

सलीम : (अपनी रौ में) क़िले में जाकर देखो। वहाँ की राग-रंग की महफ़िल। शराब के दौर। मैंने तो सुना है कि हरम की ज़्यादातर बेगमें कोई-न-कोई नशा करती हैं। कोई शराब में धुत रहती है, कोई अफ़ीम की पिनक में। कोई-कोई तो धतूरा पीती हैं। उन पर ख़ुदा का ग़ुस्सा नाज़िल नहीं होता?

बानो : होगा, एक दिन ज़रूर होगा।

सलीम : हश्र के दिन? उस दिन ख़ुदाबन्द अल्ला ताला इन्साफ़ करेंगे। उस दिन वह अपने नेकबन्दों को जन्नत अता फ़रमायेंगे। जन्नत में क्या है—हूरें? कौन इन्तज़ार करे हश्र के दिन का। फिर किसने जानी जन्नत की हक़ीक़त। पता नहीं जन्नत में हूरें हैं भी या नहीं। लेकिन यहाँ इस दुनिया में तो हूरों की कमी नहीं है? वह मिल जायें, तो मुझे जीते जी जन्नत मिल जायेगी।

बानो : (नाराजगी से) जाकर अपने लिए हूरें ढूँढो। (अन्दर जाने लगती है।)

सलीम : नाराज़ हो गयी, बानो?

बानो : अपनी हूरों के पास जा। मेरी क्या ज़रूरत।

सलीम : देख बानो, मुझे यह ढिंढोरची का काम क़तई पसन्द नहीं है। सुबह से शाम तक ढोल बजाकर अपना गला फाड़ते रहो। दिन भर बाद जब घर लौटता हूँ, तो जिस्म से तो थका होता ही हूँ, दिल से भी शिकस्त होता हूँ। तेरे साथ थोड़ी दिल्लगी करता हूँ, तो रूठ जाती है।

बानो : तू समझता है, मैं तुझे जानती नहीं?

सलीम : अब्बा मरहूम ने नाम तो दिया सलीम, लेकिन कहाँ एक वो सलीम, जो जहाँगीर बनकर बादशाह बना, कहाँ एक यह सलीम, जिसकी क़िस्मत गधे की सींग से लिखी गयी है।

बानो : गधे के सींग नहीं होते।

सलीम : तभी तो मेरी क़िस्मत की लिखाई पढ़ी नहीं जाती। वहाँ सब मटियामेट हो गया है और मैं रह गया—ढिंढोरची। ख़ल्क ख़ुदा का मुल्क बादशाह का।

बानो : दिल छोटा न कर। ख़ुदा चाहेगा तो तेरे दिन भी फिरेंगे।

सलीम : बानो, मेरे दिल में आग-सी सुलगती रहती है। पन्द्रह साल का था, तब से ढोल पीट रहा हूँ। मैं नहीं चाहता कि बाक़ी ज़िन्दगी भी ढोल ही पीटता रहूँ।

बानो : ख़ुदा पर भरोसा रखो।

सलीम : मैं कुछ बनना चाहता हूँ। मैं भी सभी कुछ वह चाहता हूँ जो दूसरों के पास है। आख़िर मैंने क्या गुनाह किया है कि मुझे यह फटे-पुराने कपड़े भी मुश्किल से मयस्सर हैं। दो वक़्त की रोटी भी नहीं जुड़ पाती? वह हीरे-जवाहरातों में खेलते हैं। क़ोफ़्ते-क़बाब शराब से गले के नीचे उतारते हैं। मालपुए की डकार लेते हैं।

बानो : ख़ुदा की मरज़ी।

सलीम : **(अपनी रौ में)** मैं बारह साल का था। वहीं बल्लीमारान में हम उम्र लौण्डों के साथ गुल्ली-डण्डा खेल रहा था। तभी वहाँ फ़ौजदार का सिपाही आया। सब लौण्डों से बोला—चलो, फ़ौजदार साहब के यहाँ चलो। कुछ काम करना है। मैंने कहा—मैं नहीं जाता बेगार करने। मेरी बात पूरी होने के पहले ही उसका हण्टर मेरी पीठ पर था। साड़......साड़......मैं सामने ज़मीन पर पड़ा तड़प रहा था, लेकिन उसके हाथ नहीं रुक रहे थे। मेरी पीठ ख़ून से तरबतर थी।

(बानो पास जाकर सलीम के कन्धे पर सहानुभूति से हाथ रखती है।)

सलीम : वह मुझे नहीं मार रहा था। वह बाक़ी सबको बता रहा था कि बेगार से इनकार करने की सज़ा क्या है। **(अचानक मजबूती से)** मैंने फ़ैसला कर लिया है।

बानो : क्या?

सलीम : वह हंटर एक दिन मेरे हाथ में होगा। **(वहशत से)** और पीठ चाहे किसी की भी हो। साड़...साड़... **(ख्याली हंटर से किसी को मारता है।)**

बानो : ख़ुदा पर भरोसा रखो

सलीम : **(बिगड़कर)** क्या ख़ुदा-ख़ुदा लगा रखा है। क्या ख़ुदा के पास कोई और काम नहीं है, जो वह यही देखता रहे कि सलीम क्या कर रहा है।

बानो : अब्बा कहते हैं कि ख़ुदा से कुछ छिपा नहीं रहता। वह सब कुछ देखता रहता है?

सलीम : तब वह क्यों नहीं देखता—कि मोहम्मदशाह रँगीले के हरम में एक से एक ख़ूबसूरत चार हज़ार औरतें हैं। वह बादशाह है, लेकिन हुकूमत का सब काम छोड़-कर एक मामूली तवायफ़ ऊधमबाई के कोठे पर पड़ा रहता है। स्साला हरामी का पिल्ला...।

दृश्य : दो

(ऊधमबाई का कमरा। सजावट तत्कालीन। झाड़-फ़ानूस, गद्दा, मसनद, गाव तकिया, हुक्का, तबला, सारंगी। मसनद पर तकिये के सहारे अधलेटी, शीशे में अपनी छवि निहारती ऊधमबाई कोई ग़ज़ल गुनगुना रही है। गाते-गाते बैठ जाती है, और शीशे में अपना चेहरा देखते-देखते अपनी चोटी गूँथने लगती है। तभी नेपथ्य में कुत्ते के भौंकने की आवाज़ सुनाई पड़ती है। गाना रुक जाता है।)

ऊधमबाई : **(अपने आप)** बादशाह क्यों भौंक रहा है। **(पुकारते हुए)** वहीदा! वहीदा! **(उठकर दरवाजे के पास जाकर)** वहीदा, देख यह बादशाह क्यों भौंक रहा है। **(वापस आकर शीशे के सामने खड़े होकर, नृत्य की विभिन्न अदाओं में अपनी खूबसूरती निहारती है। बादशाह फिर भौंकने लगता है।)**

ऊधमबाई : **(तेज आवाज़ में)** वहीदा, यह बादशाह क्यों भौंक रहा है?

(वहीदा का प्रवेश)

ऊधमबाई : यह बादशाह क्यों भौंक रहा है?

वहीदा : यही तो बताने आयी हूँ।

ऊधमबाई : क्या है?

वहीदा : सन्देश आया है—क़िले से।

ऊधम : क्या है?

वहीदा : बादशाह सलामत की रौनक़-सवारी क़िले से चल चुकी है।

ऊधमबाई : हाय अल्लाह! **(एकदम मुड़कर चलने लगती है, फिर रुककर)** मैंने तो पूछा ही नहीं कहाँ के लिए।

वहीदा : कहाँ के लिए हो सकती है? आप ही बताइये।

ऊधमबाई : **(शर्माते हुए)** मैं क्या जानूँ।

वहीदा : आशिक़ मिज़ाज बादशाह की एक ही मंज़िल है—हुस्न **(ऊधमबाई शीशे में अपनी सुन्दरता निहारती हैं)** पूरे हिन्दुस्तान में जिसके हुस्न और जमाल की चर्चा है—जिसकी नज़र का तीर लोगों को दीवाना कर देता है, जिसकी निगाहे-करम की उम्मीद से ही अमीरों, नवाबों के ख़्वाबों की दुनिया सज जाती है ऐसी ख़ुशनसीब, हसीनों की सरताज-ऊधमबाई क्या दो-चार हैं?

ऊधम : तेरी बातें मीठी हैं। तू किसी को भी अपनी ज़बान से जीत सकती है।

वहीदा : अभी तक तो किसी को जीत नहीं सकी।

ऊधम : कोशिश करके जीता तो क्या जीता। मज़ा तो इसमें है कि पता भी न चले और जीत अपने आप हो जाये। अचानक घूमकर देखें, कोई शिकस्ता क़दमों पर गिरा हो, क़दम चूमता हुआ।

वहीदा : यह हुनर सबके पास कहाँ! इसी से तो आपने दिल्ली के शहंशाह मोहम्मदशाह को अपना ज़र-ख़रीद ग़ुलाम बना लिया है।

ऊधम : मैंने तो नहीं कहा था...

वहीदा : सुर्ख़ गोरे रंग और तराशे जिस्म के शायराना ख़मों और उभारों के बावजूद क्या कहने की जरूरत बचती है?

ऊधम : **(वहीदा के निकट जाकर, उसकी ठुड्डी पकड़ते हुए)** मैंने कहा, तू बहुत मीठी बातें करती है। **(लहजा बदलकर)** यह तो बता, मैं ठीक-ठाक हूँ—या कुछ...?

वहीदा : हिन्दुस्तान का शहंशाह आपके कपड़े देखने नहीं आ रहा है।

ऊधम : क्या देखने आ रहा है?

वहीदा : ख़ुदा की बेहतरीन बेमिसाल कारसाज़ी।

ऊधम : मज़ाक छोड़...यह बता, यह कपड़े ठीक हैं?

वहीदा : सच पूछिये, तो दीवाने की हुस्न-खोजी निगाहों के लिए कपड़े तो...**(थोड़ा रुककर)** रुकावट हैं।

ऊधम : रहने दे रुकावट। नहीं तो इन्तहा में अपनी जान ही न गँवा बैठे बेचारा।

वहीदा : बादल की घटाओं जैसे ये गेसू, नागिन जैसी बलखाती चोटी, महताब-सा चमकता मुखड़ा, नीले समन्दर में तैरती, इतराती मछलियों जैसी बिन काजल कजरारी आँखें, गुलाब की पंखड़ियों से नाज़ुक रसीले लब, यह नाज़ो-अन्दाज़, यह शराब-सी छलकती जवानी, यह समन्दर-सा ठाठें मारता जोबन। ख़ुदा अपने बनाये करिश्मे पर ख़ुद हैरत करता होगा। शहंशाह बेचारा तो आदम की

औलाद है। **(वहीदा के संवाद पर ऊधमबाई नृत्यमय अभिनय करती है।)**

ऊधम : बस वहीदा, बहुत हो गयी चापलूसी। **(कुत्ते के भौंकने की आवाज़)** बादशाह को कहीं और जाके बँधवा दे।

वहीदा : ठीक कहती हैं। कहीं बादशाह को बादशाह ही न काट खाये। **(हँसती हुई बाहर जाती है।)**

(ऊधमबाई शीशे में देखते हुए बालों में कंघा करती है, फिर अपने आप से बात करती है।)

ऊधम : ऊधमबाई, इतना ग़रूर न कर। माना वह तुझ पर दीवाना है। लेकिन यह क्यों भूल जाती है, वह बादशाह है।

ऊधम : वह बादशाह है तो क्या? दीवाना तो दीवाना। चाहे बादशाह हो या गुलाम। मोहब्बत की यही फ़ितरत है। दीवाने सब एक-से होते हैं।

ऊधम : मोहब्बत बादशाहों का शौक़ होता है। एक खेल। एक खिलवाड़।

ऊधम : मेरे लिए भी तो खेल है—खिलवाड़। मन बहलाने का नया शगूफ़ा। मैंने भी तो कितने खिलौनों से खेला है। एक नया खिलौना यह भी।

ऊधम : लेकिन यह बादशाह है। हर खिलौने से अलग। जिस दिन जी भर गया, निकाल फेंकेगा।

ऊधम : वह कोई और होगी, जिन्हें निकाल फेंका होगा। यह ऊधमबाई है। इसको निकाल फेंकना इतना आसान नहीं। जादू वह जो सिर चढ़कर बोले। नशा वह जो कभी न टूटे।

ऊधम : **(अपने-आप पर बेतरह हँसकर)** यह मुझे क्या हो गया। पगला गयी हूँ। अपने-आप से ही बातें कर रही हूँ। **(घबराकर)** बादशाह सलामत तो आने वाले होंगे। **(शीशे के सामने जाकर एक नया हार गले में डालती है। मोहम्मदशाह हल्के क़दमों से प्रवेश करते, ऊधमबाई के पीछे पैरों के पास बैठकर कुत्ते की तरह बोलता है—भौं-भौं-भौं)**

ऊधम : **(चौंककर)** यह क्या!

मोहम्मदशाह : **(खड़े होकर)**, तुम्हें कुत्तों से मोहब्बत है?

ऊधम : तो?

मोहम्मदशाह : **(बच्चों की तरह)** मुझसे मोहब्बत करो।

ऊधम : **(कुछ क्षण मोहम्मदशाह को एकटक निहारती है, फिर उसके पास जाकर उसके दोनों हाथ अपने हाथ में लेकर)** मोहब्बत?

मोहम्मदशाह : हाँ।

ऊधम : **(अचानक उल्लासमय नृत्य के दो-चार चक्करों के बाद)** मैं कुत्तों को ड्योढ़ी के बाहर रखती हूँ। **(हँसती हुई नृत्य में मग्न हो जाती है।)**

मोहम्मदशाह : मैं...मैं बादशाह हूँ...

(नाचती हुई ऊधमबाई अचानक रुक जाती है।)

ऊधम : मैं तवायफ़ हूँ। **(फिर नाचने लगती है।)**

मोहम्मदशाह : मुझमें मुग़ल ख़ून है।

ऊधम : **(अचानक नाच रोककर)** मुझमें मुग़ल ख़ून के अलावा ईरानी, तूरानी, अफ़ग़ानी और हिन्दुवानी ख़ून है।

मोहम्मदशाह : मैं...मैं तुमसे मोहब्बत करता हूँ।

ऊधम : तो मैं क्या करूँ? **(नाचने लगती है।)**

मोहम्मदशाह : तुम्हारी मोहब्बत में दीवाना हो रहा हूँ। **(पगड़ी उतारकर)** मैं यह **(पगड़ी)** तुम्हारे क़दमों में रखता हूँ। इसमें कोहेनूर है। दुनिया का नायाब रतन।

(नाचती हुई ऊधमबाई रुक जाती है।)

ऊधम : दिल रतनों से नहीं जीता जाता, चाहे वह कोहेनूर ही क्यों न हो। **(ऊधमबाई फिर नृत्य में मग्न हो जाती है।)**

मोहम्मदशाह : तुम्हारा आशिक हूँ। तुम्हारा दीवाना। तुम्हारी मोहब्बत की भीख माँगता हूँ। तुमको क़िलए-मोअल्ला ले जाना चाहता हूँ। तुमको अपनी मलका बनाना चाहता हूँ। मैं...मैं तुमसे निकाह करना चाहता हूँ। **(ऊधमबाई अचानक नृत्य रोक देती है। कुछ क्षण मोहम्मदशाह को एकटक देखती है, फिर सिर पर चुन्नी घूँघट की तरह लेती है।)**

ऊधम : ले चलो मुझे क़ाज़ी के पास।

मोहम्मदशाह : **(अतीव खुशी से फूटते हुए)** जियो मेरी जान! जियो! **(पुकारते हुए)** कोई है। कहाँ मर गये सबके सब। वहीदा वहीदा! **(वहीदा का भागते हुए प्रवेश)** सितारों से कहो वह फूल बरसायें। हवाओं से कहो, वह .ख़ुशबू बिखेरें। ग़रीबों और कंगालों को अशर्फ़ियाँ बाँटी जायें। **(गले का हार निकालकर वहीदा के हाथों में फेंकते हुए)** ऊधमबाई हिन्दोस्तान की मलका बनकर हम पर हुकूमत करेंगी। हमने उनसे निकाह करने का फ़ैसला किया है। इस मुबारक मौक़े पर हम उनको मनसबदार बनाते हैं। पचास हज़ारी मनसबदार। आज से वह क़ुदसिया बेगम के नाम से जानी जायेंगी। उनको हम बाईजू साहिबा, और साहिबुज्ज़मानी के ख़िताब अता करते हैं।

वहीदा : **(कोर्निश करती हुई)** शहंशाहे आलम और मलिकाए-आलिया की ख़िदमत में क़नीज़ का सलाम। **(झुककर तीन बार सलाम करती है।)**

दृश्य : तीन

(स्थान : पटपड़गंज। वही, दृश्य : एक जैसा)

सलीम : **(बानो की कोठरी के सामने ढोल बजाकर ऐलान करते हुए)** सुनो, सुनो, सुनो। हर ख़ास-ओ-आम सुनो। ख़ल्क खुदा का, मुल्क बादशाह मोहम्मदशाह रँगीले का, हुक्म बाईजू साहिबा, साहिबुज़्ज़मानी, क़िब्लए आलम, हज़रत क़ुदसिया बेगम, मलका-ए-आलिया हिन्दुस्तान का...।

ख़ालू : **(कोठी से निकलकर)** आओ, सलीम! आओ **(नज़दीक जाकर सीने से लगाता है।)** कहाँ रहे इतने दिन?

सलीम : ख़ालू, मज़े में तुम हो। यहाँ जमुना पार पड़े हो। तुम्हें क्या पता, दिल्ली में क्या हो रहा है?

ख़ालू : यह क़ुदसिया बेगम कौन है?

सलीम : तवायफ़ थी—चावड़ी बाज़ार की ऊधमबाई।

ख़ालू : अब हिन्दुस्तान की मलका है?

सलीम : यही तो दिल्ली है। कभी चित तो कभी पट। कभी तख़्त तो कभी तख़्ता। तवायफ़ ऊधमबाई, आज मलका क़ुदसिया बेगम है।

ख़ालू : यह तो ज़माने की फ़ितरत है।

सलीम : वज़ीर, अमीर, दीवान, मीरबख़्शी, सब उसके आगे हाथ बाँधे खड़े रहते हैं। कल की तवायफ़ आज मलका बनकर ख़ानदानी अमीरों पर हुकूमत कर रही है।

ख़ालू : खुदा ने औरत को औलाद देने के लिए बनाया है। ख़ाविन्द की ख़िदमत के लिए बनाया है। हुकूमत का काम मर्द का है।

सलीम : मगर वह ईरानी, तूरानी, पठान, अफ़ग़ान, मुग़ल, सैय्यद—सबकी नाक में नकेल डालकर नाच नचा रही है—ता थइया! ता थइया! हुकूमत के काम से फ़ुर्सत पाकर बादशाह सलामत की अय्याशियाँ और बढ़ गयी हैं। आजकल नूरबाई पर फ़िदा हैं।

ख़ालू : अल्लाह ख़ैर करे।

सलीम : सब कुछ हम लोगों के लिए है। उनके लिए नहीं जो ऊँची-ऊँची दीवारों के पीछे हैं। उन दीवारों के पीछे जो गुल खिलाते हैं अगर हम सुन भी लें तो क़ाफ़िर बन जायें। बादशाह की शराब की महफ़िल के साथी हैं—भड़भूँजें, भाँड़, भँडुए, एक हिजड़ा—क्या नाम है उसका, **(सोचते हुए)** जावेद ख़ाँ; वह भी बादशाह की नाक का बाल हो रहा है।

ख़ालू : हमें क्या? जो जैसा करेगा, ख़ुदा वैसा ही सिला देगा।

सलीम : हम लोगों में यही तो ख़राबी है। जो है, जैसा है, उसी में ख़ुश हैं—

धोबी के गधे-सा, घर से घाट और घाट से घर का चक्कर लगाकर भी ख़ुश।

खालू : क़िस्मत की तहरीर कोई कैसे बदल सकता है?

सलीम : क्यों नहीं बदल सकते? ऊधमबाई को देखो। तवायफ़ की बेटी, तवायफ़ की बहन, तवायफ़ की नातिन। पूरी पक्की तवायफ़, आज क़ुदसिया बेगम बनकर क़िले में रोशन है। और तो और, उसका भाई मान ख़ाँ—उसे भी बादशाह ने जागीरदार बना दिया है। कल वह महफ़िलों में कूल्हे मटकाता था, आज पाँच हज़ारी मनसबदार है।

ख़ालू : दूसरे की तरक्क़ी देखकर ललचाना नहीं चाहिए।

सलीम : सच बात सुनोगे ख़ालू? इस ज़माने मे पुरानी बातें सब हवा हो चुकी हैं। देने को अशर्फ़ियाँ हों, कमसिन औरत हो, तो जो चाहो पा सकते हो।

ख़ालू : तुम्हारी बातों में शैतान की आवाज़ सुनाई पड़ती है।

सलीम : सारा कारोबार ही रिश्वत पर टिका है। बादशाह किसी को जाग़ीर देने का हुक्म कर दें। हुक्म की तहरीरी सनद ही नहीं निकलेगी, जब तक वज़ीर कमरुद्दीन के कोठे पर अशर्फ़ियों की थैली न पहुँच जाये। कौन रिश्वत नहीं लेता?

ख़ालू : देखो सलीम। ज़िन्दगी में असली चीज़ है सकून। ख़ुदा बस इतना दे कि रोटी चल जाये। पहनने को कपड़ा मिल जाये...

सलीम : **(काटते हुए)** कपड़ा चाहे फटा-पुराना-चीथड़ा हो।

ख़ालू : सलीम बेटे, मैं तुमसे बहस में जीत नहीं सकता। जा, तेरी बात ही ठीक है। लेकिन यह तो सोच, मैं अब बुड्ढा हो चुका हूँ। एक पैर क़ब्र में लटका है। तेरी अमानत बानो कब तक मेरे पास रहेगी? तेरे मरहूम अब्बा और अम्मी यह शादी तय कर गये थे। बहिश्त में बैठे उनकी निगाहें तेरी तरफ़ हैं। बोल, कब तक अपना घर बसायेगा।

सलीम : **(ढोल अपने गले में डालते हुए)** घर...घर तो झोंपड़ी भी हो सकती है। झुग्गी भी हो सकती है। घर तो मामूली आदमी बसाते है। बड़े लोग हवेली बसाते हैं। जहाँ इतना इन्तजार किया, वहाँ बस थोड़ा और इन्तज़ार करो। ख़ालू, मैं घर नहीं, हवेली बसाऊँगा। **(ढोल बजाते हुए)** हर ख़ास-ओ-आम को इत्तला दी जाती है कि मैं सलीम वल्द फ़क़ीरा, साकिन बल्लीमारान, दिल्ली, ऐलान करते हैं कि हम जल्दी ही हवेली बसायेंगे...

(ढोल पर ढमढम चोट करता है।)

दृश्य : चार

(मान ख़ाँ की बैठक में खड़ा मान ख़ाँ का इन्तज़ार कर रहा है। तब ही हाथ में शराब की बोतल लिये नशे में धुत्त मान ख़ाँ भीतर से आता है।)

सलीम : हुज़ूर मालिक की ख़िदमत में नाचीज़ का सलाम क़बूल हो। **(सलाम में झुककर खड़ा होता है।)**

(मान ख़ाँ, सलीम के चारों ओर लड़खड़ाते क़दमों से घूमकर उसे देखता है।)

मान ख़ाँ : क्या बेचते हो, म्याँ?

सलीम : मैं बेचने आया हूँ, अपनी वफ़ादारी। हुज़ूर की गुलामी करना चाहता हूँ।

मान ख़ाँ : **(ग़ौर से देखता है, फिर अचानक जैसे ग़ुस्से में)**—
तिगदा तिगदा थई
तिगदा दिग दिग थई।

सलीम : **(एकदम घबराकर उसके पैरों पर गिरते हुए)** क़दमों में पड़ा हूँ। माफ़ करें इस ग़रीब को, ग़रीबनवाज़!

मान ख़ाँ : **(जैसे पूछते हुए—"तुम कौन हो")**
ता थई थई तत
ता थाई थई तत

सलीम : ढिंढोरची हूँ। नाम सलीम है। बल्लीमारान में रहता हूँ। आपके हुज़ूर से जुहार करने हाज़िर हुआ हूँ।

मान ख़ाँ : **(जैसे पूछते हुए—"क्यों आये हो")**
थई ता थई, थई ता थई।

सलीम : वाह! वल्लाह! सुभान अल्लाह! क्या बोल हैं। क्या बोलते हैं। लगता है हरसिंगार के पेड़ से फूल झरते हैं। कान में शहद घोलकर डाल दिया। सुबह-सुबह चिड़ियों की चहचहाट, चीयूँ-चीयूँ। कबूतर ने कबूतरी के कान में कहा—गुटर।

मान ख़ाँ : **(कुछ नाराजगी से)** ता थई। ता थई। ता थई।

सलीम : नाराज़ न हों, सरकार! यह ग़रीब आपकी ख़िदमत में बड़ी उम्मीदें लेकर आया है। ख़ुदा आप पर मेहरबान हैं। आपकी बहन ऊधमबाई मलिका क़ुदसिया बेगम बनकर मुग़लिया हुकूमत में चार चाँद लगा रही हैं। आप हमारे अमीर हैं। हमारे मनसबदार हैं। हम आपकी रियाया हैं। आपकी ख़िदमत में एक दरख़्वास्त लेकर हाज़िर हुआ हूँ। **(मान ख़ाँ सलीम की बात का ध्यान न देते हुए, शराब अपने मुँह में उड़ेलता है।)** हुज़ूर, बड़ी मेहरबानी होगी, अगर क़िले में प्यादे

की नौकरी दिलवा दें। आप मलिका से सिफ़ारिश कर दें, या शहंशाह से। आपके एक इशारे से मेरी ज़िन्दगी बन जायेगी। जब तक ज़िन्दा रहूँगा, आपके नाम की माला जपूँगा। अल्लाह से आपके लिए दुआएँ माँगूँगा। मैं ढिंढोरचीगीरी से आजिज़ आ गया हूँ। क़िले में एक अदना-सी नौकरी की दरकार है–बस। मैं आपकी क़दम-बोसी करता हूँ। **(पैर पकड़कर उन पर अपना सिर रखता है। मान ख़ाँ पैर छुड़ाकर जाने लगता है।)**

सलीम : **(पीछे से पुकारते हुए)** हुज़ूर, मेरा ख़ानदान नाचने-गाने वालों का है। **(जाता हुआ मान ख़ाँ रुक जाता है।)**

सलीम : जी हाँ सरकार, मेरा ख़ानदान नाचने-गाने वालों का है।

मान ख़ाँ : तुमने क्या कहा?

सलीम : मैं ठीक कह रहा हूँ। मेरा ख़ानदान नाचने वालों का है। मैं नाचता हूँ–ता थेई थेई थेई। मेरे अब्बा मरहूम तबला बजाते थे–ना धिन धिन ना। मेरे मरहूम दादा सारंगी बजाते थे। चीं...। मेरे नगड़दादा सितार बजाते थे–तिन-तिन-तिन। मेरे नगड़दादा के नगड़दादा...

मान ख़ाँ : **(एकदम ख़ुशी से)** ख़ानदानी फ़नकार हो तुम?

सलीम : जी हाँ, हुज़ूर...जी हाँ हुज़ूर!

मान ख़ाँ : आओ, मेरे सीने से लग जाओ। **(बाँहें फैलाता है। सलीम दौड़कर उसके गले लगता है फिर उससे दूर होकर सलाम करता है।)**

मा ख़ाँ : **(बाँहें फैलाकर)** एक बार और। **(सलीम मान ख़ाँ के गले लगता है, फिर सलाम में झुकता है।)**

मान ख़ाँ : तुम नहीं जानते, हमें कितनी ख़ुशी हुई तुमसे मिलकर। लो, इस ख़ुशी में एक जाम हो जाये। **(ज़बरदस्ती सलीम के मुँह में बोतल उँडेलता है। मजबूरी में सलीम आधी बोतल पी जाता है।)**

मान ख़ाँ : तो...अब कुछ हो जाए।

सलीम : **(चढ़ते शराब के नशे में)** कुछ हो जाये।

मान ख़ाँ : ज़रा हम भी तो तुम्हारा कमाल देखें।

सलीम : बात यह है कि इधर रियाज़ कुछ कम हो गया है। मुल्ला-मौलवी कहते हैं–कि रक़्स हराम है इसलिए...

मान ख़ाँ : ख़ाक डालो मुल्ला-मौलवियों पर। बस कुछ हो जाये।

सलीम : **(चढ़ते नशे में)** तो हो ही जाये।

मान ख़ाँ : गतनिकास जानते हो?

सलीम : बहुत अच्छी तरह। **(दरवाजे की ओर इशारा करते हुए)** बस यहाँ से निकलने की देर है–देख लेंगे निकास।

मान ख़ाँ : चक्कर दिखा सकते हो?

सलीम : मैं और करता ही क्या हूँ। दिन भर मोहल्ला-मोहल्ला, गली-गली चक्कर ही तो लगाता हूँ।

मान ख़ाँ : तो कितने चक्कर लगा सकते हो...9-18-27?

सलीम : **(शराब की शोखी)** मैं 9-18-27 नहीं, सौ-सवा-सौ भी मेरे लिए कुछ नहीं। दस-बीस कोस तो...

मान ख़ाँ : तो हो जाये।

सलीम : हो जाये।

मान ख़ाँ : **(नेपथ्य में पुकारते हुए)** ख़ाँ साहब, हमारे मेहमान नाच रहे हैं। चक्कर में अपने कमाल दिखायेंगे। ज़रा तबले पर आइये।
(नेपथ्य में तबले के बोल सुनाई पड़ते हैं।)

(अपने पैर के घुँघरू खोलकर सलीम के पैरों में बाँधता है। घुँघरू बँधवाकर सलीम शराब के नशे में घमण्ड से ऐंठता-सा दिखाई पड़ रहा है।)

मान ख़ाँ : **(सलीम से)** तो इरशाद। **(सलीम तबले के बोल पर चक्कर लगाता है।)**

मान ख़ाँ : **(चक्कर गिनते हुए)**...एक....दो...तीन...चार....पाँच...छह... सात....आठ....**(थक कर धीमा होने लगता है)** नौ...दस...ग्यारह...
(पैर अपने पैर के बँधे घुँघरू में फँस जाता है और धड़ाम से गिर जाता है।)

मान ख़ाँ : **(दौड़कर घुँघरू उठाता है)** यह क्या, घुँझरू तोड़ दिये।
(घुँघरू उठाकर रोता है।)

(मान ख़ाँ को रोते हुए देखकर, सलीम उसे कुछ देर देखता है, फिर चापलूसी में उसके रोने में अपना रोना मिलाता है।)

मान ख़ाँ : **(एकदम बिगड़कर)** निकल जा हरामज़ादे!
(सलीम अपना ढिंढोरा उठाकर भागता है) अरे मेरे घुँघरू तो देता जा। **(सलीम का पीछा करता नेपथ्य में जाता है।)**

दृश्य : पाँच

(लालक़िले में बादशाह की रंगे-महफ़िल। तख्त पर तकियों के सहारे अधलेटा मोहम्मदशाह। पास ही नूरबाई बैठी है।)

नेपथ्य से : शहंशाहे हिन्दुस्तान की ख़िदमत में पेशावर के सूबेदार नासिर ख़ाँ के वकालत-पनाह अलीमर्दान क़ज़लबाश, क़दमबोसी के लिए हाज़िर होते हैं।

(जावेद ख़ाँ के साथ अलीमर्दान क़ज़लबाश का प्रवेश)

अलीमर्दान : **(झुककर)** नाचीज़ का सलाम क़ुबूल फ़रमायें।

मोहम्मद : अमाँ जावेद, यह किस मरदूद को हमारी महफ़िले-याराँ में पकड़ लाये?

जावेद : यह है अलीमर्दान क़ज़लबाश।

मोहम्मद : **(बिना सुने)** अरे, साक़ी! जाम ख़ाली है।

छक्कन : कहीं घास चर रहा होगा मज़े-मज़े...

बब्बन : जावेद मियाँ ने देखा, तो दिल आ गया...

नब्बन : और हाँक लाये शहंशाहे हिन्द की महफ़िल में।

छक्कन : सोचा होगा...

बब्बन : क्या सोचा होगा?

छक्कन : यही सोचा होगा कि...

नूरबाई : सोचा होगा कि रँगीले ने अपनी महफ़िले-याराँ में इतने गधे इकट्ठे किये हैं—एक गधा और सही।

मोहम्मद : वाह नूरे-नश्म! जियो नूरे-जिगर! जियो। मेरी जान नूरबाई! ख़ुदा सलामत रखे तुम्हें।

(तीनों मसख़रे गधों की तरह ढींचूँ-ढींचूँ करने लगते हैं।)

मोहम्मद : बन्द करो अपनी बकवास। सालों ने धोबी-घाट बना दिया। **(झुँझलाकर)** बन्द करो। **(प्याले की शराब तीनों पर फेंकता है। तीनों गधे की तरह रेंकना बन्द कर हाथों पर पड़ी शराब कुत्तों की तरह चाटते हैं।)**

बब्बन : इन दो चार बूँदों ने तो तिश्नगी और बढ़ा दी।

नब्बन : जैसे तपते तवे पर पानी की बूँदे-छन्न छन्न। भाप बनकर उड़ गयीं।

छक्कन : समन्दर के किनारे बैठे हैं, फिर भी पानी से महरूम। दिल ख़ाली। जिगर ख़ाली, प्याला भी ख़ाली।

बब्बन : अगर मर गये प्यासे?

छक्कन : 'अगर' कैसे? क्या कोई क़सर बाक़ी है। मर ही तो गये प्यासे...

नब्बन : **(पूरा करते हुए)** साक़ी के क़दमों में।

बब्बन : ज़ालिम!

छक्कन : संगदिल!

बब्बन : बेदर्द, बेपनाह!

मोहम्मद : मत कर देर साक़ी। डाल दे एक भरपूर निगाह। तेरी नज़र की शराब से मरते ही उठेंगे।

नूरबाई : **(शर्माने का नाटक)** हटिये...

तीनो मसख़रे : **(अपने प्याले बढ़ाते हुए)** वल्लाह! वल्लाह!

(नूरबाई तीनों के गिलास में शराब डालती है।)

छक्कन : **(शराब का प्याला ढालते हुए)** रँगीले पिया, यह कौन बाँगड़ू है?

मोहम्मद : यही तो हमने जानना चाहा था।

जावेद : हुज़ूर यह है अलीमर्दान क़ज़लबाश।

बब्बन : गज़लबाश! तो यह ग़जलें कहता है।

नब्बन : लो, यह तो हमारी बिरादरी का है।

छक्कन : हो जायें दो-चार ग़ज़लें। इरशाद!

बब्बन : **(गला साफ़ करते हुए)** इरशाद!

अलीमर्दान : ग़ज़लबाश नहीं, क़ज़लबाश।

जावेद : यह पेशावर के सूबेदार नासिर ख़ाँ के वकील हैं।

मोहम्मद : तो यह नासिर ख़ाँ के पास जायें। हमारे पास क्यों आये हैं?

अलीमर्दान : परवर दिगार, उनका पैग़ाम लेकर हुज़ूर के दरबार में हाज़िर हुआ है।

मोहम्मद : माँ बदौलत इस वक़्त अपने दोस्तों के साथ मसरूफ़ हैं।

जावेद : आलीजाह, यह दिल्ली में आपके दीदार के लिए तीन महीनें से टिके हैं।

अलीमर्दान : ख़ता माफ़ हो। चार महीने से।

छक्कन : तो चार महीने और सही। जल्दी क्या है?

बब्बन : तब तक चावड़ी बाज़ार की तवायफ़ों के दीदार करें।

छक्कन : **(पूरा करते हुए)** कैसा है यह ग़ज़लबाश? सुर में है या बेसुरा?

बब्बन : दम में है या बेदमा?

बब्बन : हाल में है या बेहाला?

अलीमर्दान : हुज़ूर, मैं क़यामत तक आपकी क़दमबोसी के लिए इन्तज़ार कर सकता हूँ। मैं आपकी अदना रियाया हूँ। मेरी गर्दन मेरे धड़ पर हुज़ूर की मेहरबानी से है। मेरी ज़िन्दगी तो आपकी रेहन है। जब चाहें तब ले लें। पेशावर के सूबेदार आपके ग़ुलाम हैं। मैं उनका वकील, उनका ग़ुलाम हूँ। मैं। आपके ग़ुलाम का ग़ुलाम हूँ।

छक्कन : बोलता तो ठीक है।

मोहम्मद : **(जम्हाई लेते हुए)** ठीक है। लेकिन यहाँ क्यों आ गये...हमारी महफ़िल में?

जावेद : हुज़ूर, आपने आज इन्हें महफ़िल में पेश करने का हुक्म दिया था।

मोहम्मद : हमने हुक्म दिया था? **(सोचते हुए)** हमें तो याद नहीं पड़ता।

बब्बन : रँगीले पिया, ज़माना बहुत ख़राब है। ख़ुदा का भी डर उठ गया है। हुज़ूर ने कोई हुक्म-वुक्म नहीं दिया, फिर भी इस मरदूद—उँह मरदूद नहीं, इस नामर्द, नामुराद जावेद ने झूठ कह दिया—हुज़ूर, आप ही

ने तो हुक्म दिया था। किसी आदमी का यक़ीन तो किया ही नहीं जा सकता।

छक्कन : आदमी का यक़ीन नहीं किया जा सकता। लेकिन यह मियाँ जावेद तो आदमी नहीं हैं।

बब्बन : ये न आदमी है, और न औरत।

मोहम्मद : आदमी पर यक़ीन नहीं किया जा सकता, इसीलिए हमें जावेद ख़ाँ पर यक़ीन करना होगा। **(नूरबाई से)** क्या कहती हो तुम, नूरबाई?

नूरबाई : ठीक फ़रमाया रँगीले पिया।

जावेद : कल रात आप ही ने हुक्म दिया था।

मोहम्मद : हम तुम्हारा यक़ीन करते हैं।

नूरबाई : जावेद ठीक कह रहा है, रँगीले पिया! आप ही ने हुक्म दिया था।

मोहम्मद : लो भाई, अब तो हुस्न तुम्हारी वकालत करने लगा। वकील के लिए वकालत। तुम मुक़दमा जीत गये। **(अलीमर्दान से)** कहो, क्या कहना है?

छक्कन : फूटो।

बब्बन : बको-बको।

नब्बन : हाँ, हाँ...रेंकिये।

अलीमर्दान : हुज़ूर, पेशावर के सूबेदार को पाँच साल से तनख़्वाह नहीं मिली।

मोहम्मद : छत्तीसे? तुझे कब से तनख़्वाह नहीं मिली?

छक्कन : तनख़्वाह की क्या ज़रूरत। मैं तो हुज़ूर की वफ़ादारी से ज़िन्दा हूँ।

अलीमर्दान : सूबेदार साहब तो किसी तरह बिना तनख़्वाह के काम चला रहे हैं? लेकिन सिपाहियों के लिए मुश्किल हो रहा है। उन्हें भी पाँच साल से तनख़्वाह नहीं मिली।

मोहम्मद : गिलौरी देना। **(नूरबाई पान देती है।)**

अलीमर्दान : उनके बीवियाँ हैं, बच्चे हैं।

छक्कन : बिना बीवी काम नहीं चल सकता है?

बब्बन : चल सकता है।

नब्बन : क्या सबूत, बच्चे उनके ही हैं?

अलीमर्दान : हुज़ूर से दस्तबस्ता गुज़ारिश है कि पेशावर सूबे के सिपाहियों के हालात पर तवज्जह फ़रमायें।

मोहम्मद : तवज्जह फ़रमायें? **(नूरबाई को देखते हुए)** हाँ-हाँ, हम तवज्जह ही दे रहे हैं। ख़ुदाबन्द को जब कोई काम नहीं होगा, फ़ुर्सत से बैठा होगा, तब बड़ी मेहनत से, बड़े जतन से, बड़ी तवज्जह से ख़ुद अपने हाथों से नूरबाई को गढ़ा होगा।

अलीमर्दान : जहाँपनाह, थोड़ी तवज्जह की दरकार है।

मोहम्मद : तवज्जह ही दे रहा हूँ।

अलीमर्दान : मामला बहुत अहम है।

मोहम्मद : वाक़ई, यह मामला बहुत अहम है। दिल का मुआमला है। नूरबाई! तुमने मेरा दिल लेकर कहाँ रख दिया?

नूरबाई : अपने दिल में, हुज़ूर!

छक्कन : तब ही तो दिल दुगुनी चाल से दुलत्ती मार रहा है—धक-धक! धकाधक!

अलीमर्दान : ग़रीब सिपाहियों को लोगों ने उधार देना बन्द कर दिया है। तमाम सिपाही फ़ौज छोड़कर भाग गये हैं।

बब्बन : फ़ौज छोड़कर भाग गये? बहुत अच्छा हुआ।

बब्बन : क्या करते होंगे?

छक्कन : कोठे पर तबला बजाते होंगे—तिनक धिन, तिनक धिन,।

अलीमर्दान : सरकारे आलिया, ख़ुदा के बाद आपका ही दर्जा है। फ़लक पर ख़ुदा और ज़मीन पर बादशाह। ख़ुदा को याद करने के पहले बन्दे आपको याद करते हैं। मैं आपके आगे दामन फैलाता हूँ। सिपाहियों की वर्दी फट गयी है। उनकी तलवारों में ज़ंग लग रही है। फिर हुज़ूर एक बहुत ही ख़तरनाक ख़बर भी है।

मोहम्मद : ख़तरनाक!

अलीमर्दान : सूबेदार साहब ने ख़ासतौर से आपको बताने के लिए कहा है।

मोहम्मद : क्या ख़बर है? क्या पेशावर में कोई नूरबाई से भी ज़्यादा ख़ूबसूरत है? हम नहीं मानते।

अलीमर्दान : ईरान का बादशाह नादिरशाह बड़े ज़ोर-शोर से फ़ौजी तैयारी में लगा है। उसकी नियत ख़राब है। उसकी बदगुमान निगाहें हिन्दुस्तान की ओर हैं। तख़्ते ताऊस पर हैं।

बब्बन : ऐसी हिम्मत! उसकी गुस्ताख़ निगाहें शहंशाहे-हिन्द के तख़्ते ताऊस पर!

छक्कन : मैंने नादिरशाह की दाढ़ी न मूँड दी तो हज्जाम की औलाद नहीं।

बब्बन : मैंने भी उसे घाट पर पटककर कपड़े-सा न निचोड़ा, तो मैं धोबी की औलाद नहीं।

बब्बन : **(जैसे अर्थी को आगे से दोनों कन्धों पर उठाते हुए)** राम-नाम सत्त है।

छक्कन : **(जैसे अर्थी को पीछे से एक कन्धा देते हुए)** रोज एक मत्त है।

बब्बन : **(जैसे अर्थी को पीछे से कंधा देते हुए)** हमें उठावन पत्त है।

बब्बन : राम-नाम सत्त है।

छक्कन : रोज़ एक मत्त है।

बब्बन : हमें उठावन पत्त है।

मोहम्मद : अमाँ यह कौन मर गया?

नब्बन : नादिरशाह। उसे निगमबोध घाट ले जा रहे हैं जलाने।

मोहम्मद : क्या उसे हिन्दुओं की तरह जलाओगे?

नब्बन : जी हाँ, हुज़ूर! जला देंगे। बिलकुल जला देंगे। हश्र के दिन फ़ैसले के वक़्त उसका निशाँ भी न होगा।

अलीमर्दान : यह मज़ाक़ नहीं है। नादिरशाह की नियत बिलकुल ठीक नहीं है। सल्तनत के लिए वह एक ख़तरा है।

मोहम्मद : अलीमर्दान क़ज़लबाश! यह सही है कि हमारी दिल्ली पहाड़ पर नहीं है। हम मैदान के लोग बहुत दूर तक देख नहीं पाते। तुम्हारा सूबेदार पहाड़ पर रहता है। इसलिए कुछ ज़्यादा ही दूर देख लेता है। उसी को कुछ ईरानी सिपाही दिखाई पड़ गये होंगे। हमसे पैसा ऐंठने के लिए सूबेदार अफ़साना नवीस बन गया। लेकिन हम भी कम चालाक नहीं हैं। हम नहीं आने वाले ऐसे झाँसे में।

अलीमर्दान : लेकिन आलमपनाह! पाँच साल से तनख़्वाह नहीं मिली...

मोहम्मद : वकालत पनाह, थोड़ सबर करो। तनख़्वाह नहीं मिली तो अब मिल? जायेगी। हुकूमत के काम में देर-सबेर तो होती ही है। हुकूमत कोई शराब तो नहीं, जो गले में उतारी और सरूर आ गया। हुकूमत का काम चलता है—रफ़्ता-रफ़्ता, धीरे-धीरे।

नब्बन : रफ़ता-रफ़ता!

बब्बन : धीरे-धीरे!

छक्कन : धीरे...धीरे!

मोहम्मद : हम बंगाल के सूबेदार को हुक्म दिये देते हैं। बरसात के बाद पेशावर रुपये पहुँच जायेंगे। बाँट देना सिपाहियों को एक साल की तनख़्वाह।

अलीमर्दान : परवरदिगार...!

मोहम्मद : सरकार के काम में जल्दबाज़ी ठीक नहीं। उसका अपना तरीक़ा है। ढंग है। उसमें सब कुछ होता है लेकिन आहिस्ता-आहिस्ता। अब तुम जा सकते हो।

अलीमर्दान : ग़रीबपरवर!

मोहम्मद : **(सख़्ती से)** हमने तुम्हें जाने का हुक्म सादिर किया है।

(अलीमर्दान फ़र्शी सलाम करके जाता है। जावेद उसके साथ जाता है। उन दोनों के पीछे, बब्बन, नब्बन, छक्कन दरवाज़े पर एक स्वर में कहते हैं—'आहिस्ता-आहिस्ता'।)

मोहम्मद : कम्बख़्त ने मुँह का ज़ायका ख़राब कर दिया। **(इधर-उधर ढूँढते हुए)** वह कहाँ है?

छक्कन : वह?

नब्बन : वह?

बब्बन : वह?

मोहम्मद : **(झुँझलाकर)** वही।

छक्कन : वही?

बब्बन : **(ढूँढते हुए)** वही।

नब्बन : **(इधर-उधर झाँककर)** कहाँ गया वह?

नूरबाई : मेरे आक़ा, मेरे अलावा भी किसी की तलाश है?

मोहम्मद : उँह, पीकदान।

छक्कन : हुज़ूर को पीकदान की क्या ज़रूरत? सारा मुल्क आपका है। उसके बाशिन्दे आपके हैं। जहाँ चाहें पीक दें।

मोहम्मद : तुम्हारे ऊपर पीक दें?

छक्कन : **(कमर से बँधे पटक को खोलकर हथेलियों में रखकर बादशाह के सामने पेश करता है। रँगीला उसमें पीक थूकता है।)** ज़हे क़िस्मत। **(पीक के सने पटके को चुनरी की तरह सिर पर ओढ़ता है।)**

छक्कन : मैं तो रँगीले के रँग राती। **(गाते हुए)** रँगीला मेरा साँचो प्रीतम...

मोहम्मद : **(ठहाका लगाते हुए)** छत्तीसे! नहीं, नहीं। हम तुम्हारे प्रीतम नहीं। पूछ लो नूरबाई से। हमें यह शौक़ नहीं। हम तुम्हारे प्रीतम नहीं। साला छत्तीसा, बड़ा हरामी है। **(ठहाका मारकर हँसता है। नब्बन और बब्बन हँसी में साथ देते हैं।)**

दृश्य : छह

(शहर कोतवाल एक छोटे तख्त पर गाव तकिये के सहारे बैठा है। पान की गिलौरी मुँह में दबाकर तम्बाकू मुँह में डालता है, तब ही उसकी निगाह प्रवेश करते हुए सलीम पर पड़ती है।)

कोतवाल : आ गये आप। आइये, आइये तशरीफ लाइये। आप ही का इन्तज़ार कर रहा था, बन्दानवाज़।

(सलीम पीछे मुड़कर ऐसे देखता है, जैसे कोतवाल उसके पीछे खड़े किसी दूसरे को खुशामदेद कर रहा हो।)

कोतवाल : मैं किसी और से नहीं, आप ही से अर्ज़ कर रहा हूँ, सलीम शाह!

सलीम : **(हैरत से)** मुझसे?

कोतवाल : जी हाँ। आप ही से कह रहा हूँ खुशामदेद।

सलीम : यह तो आपकी ज़र्रेनवाज़ी है, वर्ना बन्दा किस क़ाबिल है। **(झुककर फ़र्शी सलाम करता है।)**

कोतवाल : आपकी क़ाबलियत तो हम जानते हैं। यह तो मुझे अब पता चला है कि दिल्ली में आप जैसे नगीने बसते हैं। हमें आप पर फ़ख्र है। दिल्ली को आप पर नाज़ है।

सलीम : **(तारीफ़ से शर्माया-सा)** जी...

कोतवाल : आपने हमारी कल रात चाँदनी-चाँदनी कर दी। कल रात की ख़ुशबुयें आज भी हवाओं में इतरा रही हैं। उसके तसव्वुर में हम नशे-नशे में हैं। हमारी चढ़ी-चढ़ी आँखें, बहकी-बहकी बातें, कल रात का अफ़साना बयाँ कर रही हैं। इसके लिए हम आपका शुक्रिया अदा करना चाहते हैं।

सलीम : आप ख़ुश हो गये। बस और मुझे कुछ नहीं चाहिए। सरकार, मुझे अपनी चाकरी में रख लें। सिपाही की नौकरी दे दें।

कोतवाल : सिपाही की नौकरी तो देंगे ही। लेकिन हम तुम्हें कुछ इनाम भी देना चाहते हैं। तुमने हमें नायाब तोहफ़ा दिया है, हम भी तुम्हें उतना ही नायाब इनाम देना चाहते हैं। बोलो, क्या लोगे?

सलीम : जी...

कोतवाल : शरमाओ मत। बेझिझक होकर कहो। हाँ...हाँ, कहो।

सलीम : जी...कुछ...भी...।

कोतवाल : तुम तो बहुत शर्मीले हो। **(गले से मोती की माला उतारकर)** यह मोती की माला हम तुमको देते हैं। लो **(सलीम नजदीक आकर मोती की माला लेने को हाथ बढ़ाता है, तो कोतवाल उसमें थूक देता है। सलीम हैरानी से हाथ खींचता है। थोड़ी देर सन्नाटे में खड़ा रह जाता है।)**

सलीम : **(कोतवाल का पैर पकड़ते हुए)** ख़ता माफ़ हुज़ूर...

(कोतवाल सलीम को लात मारता है। सलीम गिर पड़ता है।)

रालीग : माई-बाप!

कोतवाल : कहता है हुज़ूर की ख़िदमत में दोशीज़ा पेश है। वह निकली तेरी अम्मी। साला पकड़ लाया चावड़ी बाजार की हर्राफ़ा रण्डी। हमें बताता है मासूम दोशीज़ा लाया हूँ। अरे हम दिल्ली के कोतवाल हैं। क़िलए मोअल्ला के क़िलेदार हैं। यहाँ की राई-रत्ती तक का हमें पता है। दाई से पेट छिपाने चला है।

सलीम : **(कोतवाल का पैर पकड़ते हुए)** ख़ता माफ़, आलीजाह!

कोतवाल : **(पैर छुड़ाकर अपनी जगह बैठते हुए)** हमें दोशीज़गी की तलाश है। हम दिल्ली के कोतवाल हैं। क़िलए मोअल्ला के क़िलेदार हैं। **(उगालदान में पान थूकता है)** सब झूठ है। न हम कोतवाल हैं। न क़िलेदार। जानते हो, हम क्या हैं? असलियत में क्या हैं?

(सलीम सिर झुकाये बैठा रहता है।)

कोतवाल : कोई नहीं जानता। सिर्फ़ हम जानते हैं। **(शराब की बोतल मुँह से लगाकर आधी बोतल पीकर)** हम बताते हैं तुम्हें। **(खड़े होकर)** हम हैं जल्लाद। जल्लादे-आज़म। सल्तनत के सबसे बड़े जल्लाद। सल्तनत को .खतरा है फूलों से, मासूम फूलों से। इसलिए फूल बनने के क़ब्ल ही मासूम गुंचों को तोड़ दिया जाता है, मसल दिया जाता है। कौन मसलता है? मैं! मैं सल्तनत का जल्लादे-आज़म।

पता नहीं किसमें मुराद का ख़ून हो? कौन बहादुर शाह की किस बेटी के किस दामाद का वारिस हो और वह तख़्त का दावेदार बन जाये? कौन शहरयार या दानियाल से अपना रिश्ता निकाल ले? कौन दाराशिकोह का हक़ माँगता सामने आ खड़ा हो? सल्तनत को बहुत अन्देशे हैं। उसे बड़े ख़तरे हैं, उन सबसे, जो मासूम हैं, हसीन हैं। चमन के हँसते गुलों से ख़तरा है। बाग़ की बुलबुलों से ख़तरा है। बादे-सबा से ख़तरा है। फ़लक के फैलाव से ख़तरा है। उसे उस सबसे ख़तरा है जो पाक है, जो मासूम है, जो सच है, जो दोशीज़ा है। और उनकी दोशीज़गी मसलना मेरा काम है। गुज़रे बादशाहों और शहज़ादों की औलादों की मासूम गर्दनों को जिस्म से अलग करना...मासूम हसीनाओं को हरम तक पहुँचाना...क्योंकि मैं सल्तनत का जल्लादे-आज़म हूँ। **(शराब की बोतल मुँह से लगाकर पीता है)** ज़माने से दोशीज़गी मिटाकर मैं ख़ुद दोशीज़गी के लिए भटक रहा हूँ। **(अचानक रूँधे गले से)** जब मैं बंगाल के बरसाती मैदानों में और दकन के गर्म पठारों में अपने तेग़ के जौहर दिखा रहा था, तब मेरी दोशीज़ा बहन शाही हरम में पहुँच चुकी थी और जब मैं दिल्ली वापस आया तो वह लापता थी। बहुत तलाशा, बहुत तलाशा। तब वह मिली। हाँ, भोगल के एक चकले में रण्डी बनी हुई। और तब से मैं दोशीज़गी तलाश रहा हूँ ज़माने की खोयी हुई दोशीज़गी। अगर चाहते हो सिपाही बनना, तो लाओ एक दोशीज़ा। हसीन; कमसिन, मासूम, मुलायम, उठान पर भरी-भी कसमसाती दोशीज़ा...और मैं मसल दूँ उसकी दोशीज़गी। जैसे मेरी बहन कुचल दी गयी। ला सकोगे ऐसी दोशीज़ा? मैं तुम्हें बादशाह का ख़ास सिपाही बनवा दूँगा। और तुम्हारा मुँह रुपयों से भर दूँगा। बोलो, जवाब दो। ज़वाब दो।

(सलीम सिर झुकाये बैठा रहता है।)

दृश्य : सात

(स्थान : लालक़िले में बादशाह की रंगे-महफ़िल।)

मोहम्मद : जावेद कहता है तुम ईरान के सफ़ीर हो। इसलिए हमारे मेहमान हो। लो भाई, मान लिया। तो कहिये, मेहमान साहब?

तुर्कमान : ईरान के शाह नादिरशाह ने इस नाचीज़ के ज़रिये—शहंशाहए हिन्दोस्तान के लिए दोस्ती का पैग़ाम भेजा है।

मोहम्मद : ले लिया पैग़ाम। आगे बोलो।

नब्बन : रँगीले पिया, अकेले-अकेले ही ले लिया। बाँटियेगा नहीं।

मोहम्मद : हम तो भूल ही गये। देखो मियाँ, क्या नाम है तुम्हारा?

तुर्कमान : मोहम्मद ख़ाँ तुर्कमान।

मोहम्मद : तुर्कमान ख़ाँ, हमारे दिल में तुम्हारे शहंशाह के लिए बड़ी इज्ज़त है। बड़ी मोहब्बत है। सुनते हैं कमाल के इन्सान हैं वह। भेड़ें चराते-चराते हुकूमत चलाने लग गये।

छक्कन : वल्लाह!

मोहम्मद : मामूली इन्सान यह नहीं कर सकता। इसीलिए हम दिल से उनसे मोहब्बत करते हैं। **(जावेद से)** ठीक कहा न? **(अपने आपसे)** बहुत कह लिया। अब तो हलक़ सूख रहा है। **(प्याला नूरबाई की ओर बढ़ाता है।)**

छक्कन : साक़ी देर न कर। जेठ-बैसाख में सावन की घटा-सी बरस।

(नूरबाई शराब उड़ेलती है।)

मोहम्मद : तुर्कमान ख़ाँ...

तुर्कमान : इस ग़ुलाम का नाम मोहम्मद ख़ाँ तुर्कमान है।

बब्बन : आलीजाह एक मियाँ तुर्कमान तो दिल्ली में भी थे। उन्होंने दिल्ली दरवाज़े के पच्छिम में दरवाज़ा बनवाया था, लेकिन वह तो मर चुके हैं।

नब्बन : क्या पता, भूत बनकर आया हो।

मोहम्मद : तुर्कमान ख़ाँ, हम तुम्हारे शाह की इज्ज़त करते हैं, इसलिए हमने तुमको दीवाने-ख़ास में बुलाया है। अपने यारों की महफ़िल में बुलाया है। तुम्हारे शाह का भेजा पैग़ाम हमने लिया और अपने दोस्तों में बाँटा। **(पैग़ाम को मसख़रो की ओर फेंकने का अभिनय करता है।**

छक्कन : **(फेंके हुए पैग़ाम को रोकने का अभिनय करते हुए)** यह लिया!

नब्बन : वाह! वल्लाह!

मोहम्मद : हमारी दोस्ती का पैग़ाम अपने शाह को ले जाकर दो। उनसे कहो

कि वह भी इसे अपने यारों में बाँट दें, जैसे हमने बाँटा।

नब्बन : वाह, रँगीले पिया! वाह! क्या बात बनी है!

छक्कन : बराबर की चोट!

बब्बन : नहले पर दहला!

नब्बन : हथौड़ी पर हथौड़ा।

मोहम्मद : अब तुम जा सकते हो, तुर्कमान ख़ाँ!

तुर्कमान : ग़ुलाम का नाम मोहम्मद ख़ाँ तुर्कमान है।

मोहम्मद : ठीक है। ठीक है। नाम तुम्हारा कुछ भी हो, मोहम्मद ख़ाँ या तुर्कमान ख़ाँ...

छक्कन : घसीटे या कल्लू...।

नब्बन : फ़कीरे या लल्लू...।

मोहम्मद : अब तुम जा सकते हो।

बब्बन : अब फूटो भी यार।

तुर्कमान : शाहे ईरान का पैग़ाम अभी बाक़ी है अगर इजाज़त दें...

मोहम्मद : बोलो न। तकल्लुफ़ किस बात का है।

बब्बन : शर्माता है, बेचारा।

तुर्कमान : आपके सिपाही ईरानी हद पार करके, ईरानी सल्तनत में घुस आये, और फ़सल काटकर ले गये। ईरानी सूबेदार ने पेशावर के सूबेदार से शिकायत भी की, लेकिन उसने कोई जवाब नहीं दिया।

मोहम्मद : बस, फ़सल ही तो काटकर ले गये?

छक्कन : भेड़ तो नहीं उठा ले गये, जो ईरानी शाह परेशान है।

तुर्कमान : यह सिर्फ़ फ़सल की बात नहीं है। यह ईरानी हुकूमत की शान में गुस्ताख़ी है। ईरानी ग़ैरत पर डाका है।

मोहम्मद : **(आश्चर्य से)** ईरानी हुकूमत में गुस्ताख़ी! ईरानी ग़ैरत पर डाका!

तुर्कमान : शाहे ईरान, शाहे हिन्दोस्तान से दोस्ती बनाये रखना चाहते हैं, इसलिए उन्होंने चाहा है कि शाहे हिन्दोस्तान दस हज़ार अशरफ़ियों का मुआवज़ा दें नहीं तो...

मोहम्मद : नहीं तो...? **(थोड़ी देर का सन्नाटा)** शाहे ईरान हिन्दुस्तान पर हमला कर देगा?

नब्बन : तेरी तो...

छक्कन : हिम्मत तो देखो साले की।

बब्बन : दो कौड़ी का एलची। धमकी देता है हमारे आक़ा को। हरामी की औलाद।

नब्बन : खड़े क्या देखते हो जावेद? साले का सिर क़लम कर दो।

छक्कन : न रहेगा बाँस, न बजेगी बाँसुरी।

बब्बन : रँगीले पिया, हुक्म तो दीजिये। मैं साले को पहुँचा दूँ जमुना-घाट।

कर दूँ राम-नाम सत्त साले का।

मोहम्मद : जावेद, क्या सज़ा दी जाये इस नकचढ़े पिल्ले को?

जावेद : ख़ता माफ़ आलमपनाह। यह एलची है। इनकी जान की सलामती आलमपनाह की ज़िम्मेदारी है।

मोहम्मद : तो जाओ तुर्कमान ख़ाँ, हमने तुमको माफ़ किया। जावेद ने कहा और हमने मान लिया।

तुर्कमान : गुलाम परवर-दिगार का शुक्र गुजार है। लेकिन जान की अमान पाऊँ तो अर्ज़ करूँ।

मोहम्मद : हाँ-हाँ इजाज़त है।

तुर्कमान : शाहे ईरान के लिए आपके जवाब की दरकार है।

मोहम्मद : अमाँ जावेद, किस घामड़ को पकड़ लाये। अभी तक यह हमारा जवाब नहीं समझा। कैसा चुग़द है। **(तुर्कमान से)** कहाँ के रहने वाले हो मियाँ तुर्कमान?

तुर्कमान : उज़बेकिस्तान।

नब्बन : उज़बक है बेचारा।

छक्कन : तभी तो।

मोहम्मद : यह उज़बेकिस्तान कहाँ है?

जावेद : समरक़ंद के शामाल।

मोहम्मद : भाई, हम तो दिल्ली के बाहर कभी गये नहीं। बस बरसात में मेहरौली तक चले जाते हैं, लेकिन हमें हाल सब जगहों का मालूम है। पूरा पक्का।

नब्बन : रँगीले पिया ने कोई जिन्न साधा है...?

छक्कन : वही घुमा लाया होगा?

मोहम्मद : नहीं-नहीं। यह बात नहीं।

बब्बन : तब? ख़्वाब में देख लिया?

मोहम्मद : नहीं।

नब्बन : तब?

मोहम्मद : किसी मुल्क को जानना हो, तो उस मुल्क की औरत को जानो।

नब्बन : **(हैरत से)** अच्छा!

मोहम्मद : बस, उस मुल्क के बारे में सब कुछ जान जाओगे।

बब्बन : वाह, कितना आसान नुस्ख़ा है...

नब्बन : और कितना रँगीला!

मोहम्मद : बंगाली औरत को देखो—साँवरी, काली-कजरारी आँखें, लहराते घने काले बाल, रसीली-रसभरी-सी। बस, हमने जान लिया बंगाल में हर समय घने काले बादल छाये रहते हैं। उसकी साँवरी अदा वहाँ के

सब्ज़ खेतों की देन है। **(गर्व से)** अब बताओ, हमने सही जाना बंगाल?

छक्कन : कमाल है, रँगीले पिया,! अल्लाह का ख़ास करम है आप पर।

मोहम्मद : हम फ़िरंग मुल्क नहीं गये। लेकिन हमने फ़िरंगी औरतों को जाना है। उनके ज़रिये जानते हैं कैसा है वह मुल्क।

बब्बन : कैसा है वह मुल्क?

मोहम्मद : फ़िरंगी औरत होती—गोरी, सफ़ेद भभूक-सी। हमने जान लिया कि फ़िरंगी मुल्क के पहाड़ों पर हमेशा बर्फ़ जमी रहती है।

(नब्बन सर्दी में काँपने का अभिनय करता है।)

मोहम्मद : इससे हमारा अन्दाज़ है कि फ़िरंगी मुल्क में बहुत सरदी होती होगी। **(रसिकता से)** एक बात है, मियाँ!

छक्कन : इरशाद।

मोहम्मद : **(नूरबाई से)** इसीलिए फ़िरंगी औरतें थोड़ी ठण्डी होती हैं।

नूरबाई : हटिये भी। **(मोहम्मद शाह ठठाकर हँसता है।)**

(तीनों मसख़रे साथ में हँसते हैं।)

नब्बन : हुज़ूर, उज़्बेकिस्तान कैसा है?

मोहम्मद : **(सोचते हुए)** उज़्बेकिस्तान? ज़मीन तो वहाँ की कुछ पथरीली है, लेकिन इतनी पथरीली नहीं कि वहाँ कुछ न उगे। वहाँ हरियाली भी है। अच्छी खेती होती है। कोई पत्थर तोड़ सके तो नीचे मीठे पानी के चश्मे मिलते हैं...

बब्बन : कैसे जाना?

मोहम्मद : हमने उज़्बेक औरतों को जाना है। वैसे तो थोड़ी कड़ियल होती हैं—अख़रोट के छिलके-सी। लेकिन एक बार ऊपरी सख़्ती तोड़ दो...तो बस भीतर मुलायम गूदा-ही-गूदा। क्यों, ठीक कहा न, तुर्कमान ख़ाँ? तुमको भी तो तजुर्बा होगा। बाहर से अख़रोट-सी सख़्ती और भीतर की गूदेदार नरम गरमी। तुम्हारी बेगम भी तो ऐसी ही होगी?

तुर्कमान : **(तलवार खींचकर)** ख़बरदार!

(बिजली की तेज़ी से जावेद तुर्कमान की पीठ पर तलवार रख देता है।)

जावेद : एक क़दम भी आगे बढ़े तो... **(तुर्कमान अपनी जगह पर रुक जाता है।)** अगर जान की सलामती चाहते हो, तो तलवार हाथ से गिरा दो। **(तुर्कमान तलवार हाथ से गिर जाने देता है। बब्बन डरते-डरते तुर्कमान के पास जाता है, और तलवार उठाकर भागता है।)**

मोहम्मद : जाम ख़ाली है, साक़ी।

नूरबाई : मुए ने रंग में भंग कर दिया। **(शराब का प्याला मोहम्मदशाह को देती है।)**

(छक्कन धीरे-धीरे तुर्कमान के पास जाता है। उसकी ठुड्डी हाथ से छूकर चूमता है। तुर्कमान ग़ुस्से से घूरता है किन्तु असहाय है। छक्कन धीरे-धीरे उसके बढ़े पेट पर हाथ फेरता है।)

छक्कन : अरे बब्बन, इसका पेट कितना बड़ा है?

नब्बन : इतना बड़ा पेट?

छक्कन : लगता है पेट रह गया है।

बब्बन : पैर भारी हो गये हैं।

छक्कन : पैर भारी हो गये हैं? देखें तो **(जब तुर्कमान का पैर उठाना चाहता है, तुर्कमान पैर जमा लेता है। पैर उठाने में पूरी ताक़त लगाता है, लेकिन उठा नहीं पाता। कोशिश में गिर पड़ता है। उठकर धूल झाड़ते हुए)** वाक़ई, इसके पैर भारी हो गये हैं। उठते ही नहीं।

बब्बन : खड़े-खड़े क्या देख रहे हो। ख़ुशी मनाओ। **(दो प्याले आपस में बजाता हुआ पूरे स्टेज पर चक्कर लगाता है।)**

नब्बन : **(तुर्कमान के पेट पर हाथ फेरते हुए)** कितने महीने का होगा?

छक्कन : नवाँ महीना होगा।

बब्बन : क्या! नवाँ महीना?

छक्कन : **(हिजड़ों की नक़ल करते हुए)** नब्बन के बाबू! ओ नब्बन के बाबू!

नब्बन : हाँ, जी **(ताली बजाता है।)**

छक्कन : लो, नवाँ महीना लागा...

नब्बन : हाँ, जी। **(ताली बजाता है।)**

छक्कन : दाई को बुलाओ...

नब्बन : हाँ, जी **(ताली बजाता है।)**

बब्बन : **(औरत की तरह सर पर कपड़ा डालकर)** आयी दाई...

छक्कन : हाँ, जी। **(ताली बजाता है।)**

बब्बन : लो, आ गयी दाई...

छक्कन : हाँ, जी। **(ताली बजाता है।)**

बब्बन : तो पेट दिखाओ...

छक्कन : हाँ, जी। **(ताली बजाता है।)**

बब्बन : **(तुर्कमान के पेट पर हाथ फेरते हुए)** तो पेट दिखाओ...

छक्कन : हाँ, जी **(ताली बजाता है।)**

नब्बन : **(बब्बन की नक़ल करते हुए)** तो पेट दिखाओ...

छक्कन : हाँ, जी। **(ताली बजाता है।)**

(नब्बन और छक्कन इसी को बार-बार दोहराते हैं। उसी दौरान बब्बन तुर्कमान की कमर से कटार निकालता है।)

बब्बन : (अचानक कटार दिखाते हुए) तो पेट बचाओ (तुर्कमान के पेट में कटार भोंकने का अभिनय करता है, किन्तु मारता नहीं।)

छक्कन : हाँ, जी। (ताली बजाता है।)

बब्बन : (कटार भोंकने का अभिनय करते हुए) तो पेट बचाओ।

छक्कन : हाँ, जी।

नब्बन : हाँ, जी।

बब्बन : तो पेट बचाओ। (अचानक तुर्कमान के पेट में कटार भोंक देता है।)

(तुर्कमान चीख़ के साथ गिर पड़ता है। बब्बन ख़ून से रँगी कटार उठाता है।)

छक्कन : (ख़ुशी से) मर गया साला!

नब्बन : नादिर की औलाद! (बब्बन ख़ून से रँगी कटार मोहम्मदशाह को देता है।)

मोहम्मद : कितना ख़ूबसूरत रंग है। इसको देखकर टेसू के फूल याद आ गये। होली कब खेली जायेगी?

(दृश्य जड़ (फ्रीज़) हो जाता है। नेपथ्य में समवेत गाने की आवाज़ आती है—"फागुन आयो री सखी, फागुन आयो री। साजन आयो न अली, सावन आयो री।" जैसे-जैसे गायन का स्वर तीव्र होता है, प्रकाश धीमा होता है।)

दृश्य : आठ

(सलीम अपना ढिंढोरा एक तरफ़ रख के, बड़े अदब से हाथ बाँधकर, निगाहें नीची करके, खड़ा हो जाता है—जैसे किसी का इन्तज़ार कर रहा हो।)

(जावेद का प्रवेश)

सलीम : (दौड़कर क़दमों पर गिरते हुए) ग़रीबपरवर!

जावेद : क्या है?

सलीम : हुज़ूर का इक़बाल बना रहे। दिन-दूनी रात चौगुनी तरक़्क़ी हो।

जावेद : क्या बात है?

सलीम : बन्दा जानता है कि सरकार एक दिन सल्तनत के सिपहसालार बनेंगे। फिर वज़ीर बनेंगे। हुज़ूर के नाम का डंका हिन्दोस्तान की सरहदों के पार, काबुल, क़न्दहार और फ़ारस में बजेगा।

जावेद : **(झुँझलाकर)** क्या चाहते हो?

सलीम : अलीजाह के निगाहे-करम की दरकार है।

जावेद : इसीलिए रास्ता रोकने यहाँ खड़े हो?

सलीम : ख़ता माफ़ हो हुज़ूर-पुरनूर। मरता क्या न करता। तेग़ आपके हाथ में है। गर्दन चाक कर दें, लेकिन एक मौक़ा अपनी ख़िदमत का दें।

जावेद : कैसी ख़िदमत?

सलीम : अपनी चाकरी में रख लें। अपना प्यादा बना दें, सिपाही बना लें। फिर देखिये मेरी वफ़ादारी के जौहर। सरकार बहादुर के लिए अपनी जान निछावर करके ही मेरी रूह को सकून हासिल होगा।

जावेद : सिपाही बनना चाहते हो?

सलीम : सरकार की ख़िदमत मेरी ज़िन्दगी की तमन्ना है।

जावेद : तलवार चलाना जानते हो?

सलीम : तलवार...**(हकलाते हुए)** तलवार चलाना तो हमारा ख़ानदानी पेशा है। मेरे दादा के दादा के नगड़दादा शहंशाह बाबर की फ़ौज में सिपाही थे। उनकी तलवार के जौहर ने इब्राहिम लोदी की फ़ौज में खलबली मचा दी थी।

जावेद : तुम अपने बारे में बताओ?

सलीम : मेरे नाना के नाना के नगड़नाना समरक़न्द के थे। उनकी तलवार की धार से निकला लहू का दरिया पेशावर से कटक, मुल्तान और लाहौर होता हुआ दिल्ली तक बहा था। उन्हें लोग आफ़ताबे-तेग़ कहते थे। उनकी तलवार की चमक में सबके दीदे चौंधिया जाते थे। वह तो...

जावेद : **(एकदम बेसब्री से डाँटते हुए)** ख़ामोश। तुम बहुत बात करते हो।

सलीम : सरकार, हुज़ूर-पुरनूर..

जावेद : **(अपनी कमर से तलवार निकालकर)** यह लो तलवार। **(तलवार सलीम को पकड़ाता है फिर दूसरी तलवार अपनी कमर से निकालता है।)** हो जाये दो-दो हाथ। यह लो, बचाओ अपने आपको। **(वार करता है। सलीम की तलवार छूटकर दूर जा? गिरती है।)**

जावेद : तलवार उठाकर इधर लाओ।

(सलीम डरते-डरते तलवार उठाकर जावेद को देता है।)

जावेद : (तलवार लेकर म्यान में रखते हुए) तुम बातों के बहादुर हो। शीरीं ज़बान से जंग नहीं फ़तह होती। (जाने को बढ़ता है।)

सलीम : (जाते हुए जावेद के पीछे से) मेरे दादा हिजड़े थे।

(जाता हुआ जावेद रुक जाता है।)

जावेद : (सलीम के नज़दीक आकर) तुम्हारे दादा हिजड़े थे?

सलीम : जी हाँ, सरकार!

जावेद : (सख़्ती से) और तुम्हारे अब्बा भी हिजड़े थे?

सलीम : जी हाँ, माई-बाप!

जावेद : तुम हिजड़े की औलाद हो?

सलीम : जी हाँ, माई-बाप (जावेद अचानक सलीम को एक जोरदार थप्पड़ मारता है। सलीम दूर जाकर गिरता है।)

(तेज़ कदमों से जावेद नेपथ्य में जाता है। घोड़े पर बैठकर उसके जाने की आवाज़ सुनाई देती है। मायूस सलीम अपने गाल सहलाता है।)

दृश्य : नौ

(स्थान : लाल क़िले में बादशाह की रंगे-महफ़िल)

(नब्बन, बब्बन और छक्कन गाते हुए नाच रहे हैं—''फागुन आयो री सखी, फागुन आयो री। साजन आयो न अली, सावन आयो री।'' नूरबाई भी नाच रही हैं। मोहम्मदशाह भी ढपली बजाते हुए गा रहा है।—सब मस्ती में हैं। नाच गाना चरम पर पहुँचता है, तब ही एक बहुत तेज़ विस्फोटक ध्वनि और एकदम सन्नाटा। सब-के-सब अपनी जगह विभिन्न मुद्राओं में जड़ (फ्रीज़) हो जाते हैं। दौड़ते हुए एक सिपाही आता है।)

सिपाही-1 : ईरान के शहंशाह नादिरशाह की फ़ौजों ने इस्फ़हान, क़न्दहार काबुल, जलालाबाद और पेशावर को फ़तह करके अटक पर घेरा डाल दिया है। (जिस तेज़ी से आया उसी तेज़ी से सिपाही भागता हुआ प्रस्थान करता है।)

मोहम्मदशाह : (शराब के नशे में) नादिरशाह! (वितृष्णा से) वह ख़ुरासानी गड़रिया। किस साले घामड़ का नाम ले लिया। मुँह का ज़ायका ख़राब हो गया। थू!

(पहले के समान नाच-गाना प्रारम्भ हो जाता है। थोड़ी देर बाद वैसी ही विस्फोटक, तेज़ आवाज़ के

साथ। भागते हुए दूसरे सिपाही का प्रवेश)

सिपाही-2 : ईरान के शहंशाह नादिरशाह की बिजली की रफ़्तार से बढ़ती फ़ौजें वज़ीराबाद, एमनाबाद, गुजरात को नेस्तनाबूद करके लाहौर तक पहुँच गयी हैं।

मोहम्मदशाह : **(शराब के नशे में)** कौन नादिरशाह? कैसा नादिरशाह? कहाँ का नादिरशाह? हमसे क्या लेना-देना उसका। हम किसी नादिरशाह को नहीं जानते। हम तो सिर्फ़ उसको जानते हैं जिसका नाम है—नूरबाई। **(ऐलान करता है।)** वह मुस्कुरा दे तो चमन में बहार आ जाये। वह अपने हसीन रुख़ से नक़ाब हटा दे तो सुबह हो जाये। **(नूरबाई अँगड़ाई लेती है।)** यह अँगड़ाई तो बस क़यामत है! निगाह भरकर मुर्दे को देख ले तो वह जी उठे।

(नूरबाई नजदीक तख़्त पर बैठकर, शुक्रिया के अन्दाज में झुककर सलाम करती है।)

मोहम्मदशाह : **(खींचकर उसे सीने से लगाता है।)** जियो नूरबाई, जियो। हज़ारों साल जियो।

(सब पहले के समान नाचने-गाने लगते हैं। तब ही एक विस्फोटक ध्वनि के साथ सन्नाटा छा जाता है। दौड़ते हुए तीसरे सिपाही का प्रवेश।)

सिपाही-3 : शहंशाह नादिरशाह की फ़तह्याब ईरानी फ़ौज लाहौर से चल कर पानीपत को रौंदती हुई करनाल आ पहुँची है। उनका अगला हमला दिल्ली पर होगा। **(ख़तरा सुनाकर सिपाही का तेज़ी से प्रस्थान)।**

मोहम्मदशाह : यारों, सुना तुमने? वह ख़ुरासानी लफ़ंगा, क्या नाम है उस कमबख़्त का—**(सोचते हुए)** नादिर? हाँ, नादिर। मुग़ल सल्तनत से टक्कर लेने चला है स्साला।

नब्बन : इसे कहते हैं चींटियों के पर निकलना।

बब्बन : भेड़ें चराने निकला होगा बेचारा। हाँफता-हाँफता दिल्ली की तरफ़ भटक आया।

छक्कन : उसकी फौज़ में तो भेड़ें ही भेड़ें होंगी।

मोहम्मदशाह : हम लड़ेंगे?

नब्बन : बेशक लड़ेंगे।

छक्कन : कैसे लड़ेंगे।

बब्बन : कैसे लड़ेंगे?...**(सोचते हुए)** बस मोर्चे पर एक दर्जन हसीनाओं को भेज देंगे। वह जायेंगी लचकती; मटकती, शर्माती। नाज़ोअदा से नज़रें घुमाकर इधर निगाहे-नाज़ का तीर छोड़ा, उधर मूँजी की पलटन बेहोश होकर गिर न पड़े, तो मैं धोबी की औलाद नहीं।

मोहम्मदशाह : **(निश्चय से)** नहीं, हम लड़ेंगे।

नब्बन : कैसे लड़ेंगे?

मोहम्मदशाह : तलवार से लड़ेंगे।

छक्कन : तलवार?

बब्बन : तलवार!

नब्बन : तलवार!

छक्कन : तलवार की क्या ज़रूरत! क़ैंची लेकर जायेंगे और मूंड लेंगे उसको और उसकी भेड़ों को।

मोहम्मद : हम तलवार से लड़ेंगे। हममें मुग़ल ख़ून अभी बाक़ी है। उस बदख़्वार नादिर के बच्चे को छठी का दूध न पिला दिया... **(जोश में उठ खड़ा होता है लेकिन कराहकर गिरने लगता है। सब दौड़कर पकड़ते हैं)** जोश में भूल ही गया था कि घुटनों में गठिया का दर्द है। **(नूरबाई का सहारा लेकर एक-एक घुटना सीधा करता है। नब्बन घुटनों की मालिश करता है।)** अब ठीक है।

नूरबाई : मेरे आक़ा, आपने तो डरा ही दिया था। भाड़ में जाये नादिरशाह। अपनी सेहत का ख़्याल रखना चाहिए। जी है तो जहान है। सेहत पहले, मुई लड़ाई बाद में।

नब्बन : गठिया है तो क्या?

बब्बन : आलमपनाह क्या सवारी करते हैं? धकाधक, धकाधक।

छक्कन : किसकी?

बब्बन : घोड़ी की! क्यों नूरबाई? ठीक कहा न!

नूरबाई : धत्त।

मोहम्मद : **(झुँझलाकर)** अरे भाई, हमें लड़ने जाना है। क्या किसी के पास एक तलवार भी नहीं है?

नब्बन : तलवार? **(इधर-उधर खोजता है!)**

छक्कन : तलवार?

बब्बन : तलवार? **(किसी के पास तलवार नहीं है, सब इधर-उधर देखते हैं।)**

जावेद ख़ाँ : **(प्रवेश करके)** जहाँपनाह की ख़िदमत में तलवार हाज़िर है। **(कमर में बँधी तलवार म्यान से निकालकर दोनों हाथों से पेश करता है।)**

मोहम्मद : तुम सब उल्लू के पट्ठे हो। **(जावेद से तलवार लेता है।)**

नब्बन : हुज़ूर ने ख़िताब दिया है। **(झुककर सलाम करता है।)**

छक्कन : अब ख़िलअत भी मिलेगी। **(झुककर सलाम करता है।)**

बब्बन : जागीर की उम्मीद भी है। **(सलाम में झुकता है।)**

मोहम्मद : तुम लोगों के पास तलवार भी नहीं है। सिर्फ़ जावेद के पास मिली।

बब्बन : उसके पास तो होनी ही चाहिए।

मोहम्मद : (हाथ में उठाकर तलवार को देर तक देखता है। चेहरे पर उदासी छा जाती है। नेपथ्य में करुँगा संगीत) अब बहुत देर हो गई (तलवार फेंक देता है।)

दृश्य : दस

(बानो अपनी कोठरी से पानी का घड़ा उठाकर बाहर आती है, फिर दरवाज़ा बन्द करती है। उसमें ताला डालती है। घड़ा उठाकर बाहर जाती है। दूसरी तरफ़ से सलीम आता है। वह रईसी कपड़े पहने है। बानो उसे पहचान नहीं पाती। वह उसे अजनबी समझकर अपनी चुनरी से चेहरा ढककर चली जाती है।)

सलीम : बानो ! **(बानो रुक जाती है।)** मुझे नहीं पहचाना? मैं हूँ, मैं सलीम।

बानो : **(घूमकर देखते हुए)** यह तुम हो?

सलीम : **(गर्व से)** हाँ, मैं।

बानो : मैं तो समझी....

सलीम : **(अकड़कर)** तुम समझीं, कोई अमीर चला आ रहा है। हाकिमे इलाक़ा ! **(गर्व से ठहाका मारता हुआ हँसता है।)**

बानो : **(निकट आकर)** यह क्या अपनी धजा बनायी है? मैं तो पहचान ही नहीं सकी।

सलीम : कैसे पहचानती। तेरी नज़रों ने तो सिर्फ़ ढिंढोरची को ही जाना है।

बानो : **(सूंघते हुए)** इतर लगाया है?

सलीम : ख़स का इतर है। ले सूँघ। ये ढिंढोरची के पसीने की बू नहीं है, जो दूर से ही ठाठें मारे। सूँघकर देख।

बानो : मुझे नहीं अच्छा लगता।

सलीम : इतर नहीं अच्छा लगता।

बानो : मुझे तो ढिंढोरची के पसीने की बू पसन्द है।

सलीम : **(बिगड़कर)** साले सुअर तो मोरी के ग़लीज़ पर जान देंगे। तू क्या जाने इतर क्या होता है। तुम्हारे बाप-दादा ने कभी सूँघा था इतर?

बानो : **(सख्ती से)** हाँ, मेरे बाप-दादा ने कभी इतर नहीं सूँघा।

सलीम : यह महबूब अली अत्तार के यहाँ का है। मालूम है तुम्हें... महबूब अली का इतर बादशाह इस्तेमाल करते हैं।

बानो : उसका इतर तुम्हें कैसे मिला?

सलीम : कैसे नहीं मिलता? उसकी दुकान से मिला।

बानो : महबूब अली ने दिया तुम्हें?

सलीम : अरे वह कैसे देता! वह तो टें हो गया था।

बानो : क्या मतलब?

सलीम : मतलब, वह अल्लाह को प्यारा हो गया था। ईरानी ने उसकी फूली तोंद में ऐसे छुरी भोंकी जैसे तरबूज़ को काटने जा रहा हो, और वह चौख़ाने चित्त। लुढ़क गया ज़मीन पर।

बानो : हाय अल्लाह!

सलीम : तुझे क्या पता, दिल्ली में क्या हो रहा है। मज़े में यहाँ पटपड़गंज में जमुनापार पड़ी हो। ठुमक-ठुमक घड़ा कमर पर लादकर पानी भरने जा रही हो। उधर दिल्ली में सल्तनतें बदल रही हैं।

बानो : क्या कह रहा है तू?

सलीम : ईरान के बादशाह नादिरशाह ने दिल्ली पर हमला बोला। ईरानी फ़ौज के आगे मुग़ल फ़ौज ऐसे पसर गयी, जैसे महबूब के नीचे माशूक़ा। **(बानो का हाथ पकड़कर अपनी ओर खींचता है।)**

बानो : **(अपने को छुड़ाकर)** तुमने शराब पी है?

सलीम : ईरानी बादशाह तख़्ते-ताऊस पर नंगी तलवार लेकर चढ़ा बैठा है। मोहम्मदशाह रंगीला बादशाही से हटा दिया गया। मुजफ़्फ़र हुसैन दिल्ली का नया फ़ौजदार बनाया गया है। मुझे हुक्म हुआ और मैंने भी ढोल बजाकर ऐलान कर दिया—फ़लक ख़ुदा का, मुल्क नादिरशाह का, हुकूमत सूबेदार मुज़फ़्फ़र हुसैन की।

बानो : बेचारा बादशाह!

सलीम : दिल्ली पर ईरानियों की हुकूमत है। चारों ओर ईरानी सिपाही कैसे अकड़कर चलते हैं। जिधर से निकल जायें, सब झुककर सलाम करते हैं। कहाँ ईरानी, कहाँ हिन्दुस्तानी। उनका भभूक गोरा रंग, ऐसा लगता है जैसे चेहरे पर नूर बरस रहा हो। किसी अकेले-दुकेले ईरानी सिपाही को हिन्दुस्तानी भड़ुओं ने मार दिया। जब इसकी ख़बर नादिरशाह को लगी, तो उसकी आँखों से शोले भड़क उठे। जैसे चिनगारी उठने लगी। कोतवाली आकर उसने अपनी तलवार म्यान से निकाली। बस, हर ईरानी सिपाही की तलवार हिन्दुस्तानी गर्दनों पर बिजली-सी कौंधने लगी। ख़ून की नदियाँ बहने लगीं। इधर लाश, उधर लाश। गलियाँ लाशों से पट गयीं। औरतों और बच्चों को भी नहीं छोड़ा।

बानो : हाय अल्ला! एकदम वहशी है।

सलीम : **(गर्व से)** तू सोचती होगी कि मैं कैसे बच गया। पूछ। पूछ।

(बानो नहीं पूछती) मैं ईरानियों के साथ मिल गया। ईरानी सिपाही किसी टटपुंजिये सेठ का दरवाज़ा तोड़ रहे थे—मैंने उनको बताया किसके यहाँ पैसा है। मैंने उन्हें बताया किस बन्द दरवाज़े के पीछे चाँद-सा मुखड़ा है। बस वह ख़ुश हो गये। अरे मैंने तो उनसे यह भी कहा कि मेरे बुज़ुर्ग ईरान से हिन्दुस्तान आये थे।

बानो : तुम झूठ बोले?

सलीम : **(चिढ़कर)** तो क्या यह बोलता कि मेरे बाप-दादा कुँजड़े थे? जब वह हिन्दू थे तब भी कुँजड़े थे, जब मुसलमान हुए तब भी कुँजड़े-के-कुँजड़े बने रहे।

बानो : यह कपड़े?

सलीम : ईरानी सिपाही मुझ पर बहुत मेहरबान हैं। मुझे बिरादर सलीम कहते हैं।

बानो : यह कपड़े उन्होंने दिये?

सलीम : कुछ उन्होंने दिये। कुछ मैंने बटोरे। बहते चश्मे में जो हाथ न धोये वह नामाक़ूल है। इस समय ढिंढोरची सलीम कौड़ी-कौड़ी को मोहताज नहीं है। उसके पास हज़ारों रुपये के सोने-चाँदी के ज़ेवर हैं। अनगिनत अशर्फ़ियाँ हैं। यह अशर्फ़ियाँ मैं तेरे लिए लाया हूँ। अपनी मंगेतर बानो के लिए। **(अशर्फ़ी की थैली बानो के हाथ में रखते हुए)** लो, रखो इसे।

बानो : **(ज़मीन पर थैली फेंकते हुए)** मुझे नहीं चाहिए नापाक दौलत।

सलीम : नादान लड़की, दौलत कभी नापाक नहीं होती है। वह हमेशा पाक रहती है। दौलत तो हसीन लौण्डिया-सी होती है—हमेशा पाक। जो पाये, जब भी पाये, निहाल। **(थैली उठाकर)** अब मैं ग़रीब नहीं हूँ। तुझे मेरी क़सम। ले, यह हार पहन ले। सोने का है। पुखराज और पन्ना जड़ा है इसमें। **(हार बानो के गले में डालता है।)** अब मैं तुझसे शादी करूँगा। चल आ, आज ही अपनी शादी मनायें। **(हाथ पकड़कर कोठरी की ओर खींचते हुए)** आ न।

बानो : ख़बरदार जो मुझे हाथ लगाया। **(गले से माला निकालकर फेंकती है।)**

सलीम : तू तो अनाड़ी घोड़ी-सी बिदकती है। **(माला उठाकर)** आ न, मैं तुझे सब सिखा दूँगा। फिर तो हौले-हौले ऐसी दुलकी चलेगी कि सवार को मज़ा आ जायेगा। आ न। **(मजबूती से पकड़कर अपने पास खींचता है। बानो उसे हाथ में काट खाती है। सलीम घबराकर उसे छोड़ देता है।)** साली कुतिया, काटती है। तेरे नखरे न छाँट दिये, तो मेरा नाम सलीम नहीं।

बानो : **(कोठरी के पास पड़ा डण्डा उठाकर)** मैं तेरी जान ले लूँगी।

सलीम : **(फुर्ती से डण्डा हाथ से छीनकर, उसके दोनों हाथों को उसकी**

पीठ के पीछे से पकड़कर उसका चेहरा अपनी ओर घुमाता है।) मुझे काटेगी? छिनाल ! **(थप्पड़ मारते हुए)** ले काट। अब काट। **(बानो सलीम को घूरती है। कुछ लम्हों के बाद)** बेचारी बानो, गालों पर उंगलियाँ उछल आयीं **(कामुकता से)** चल, अन्दर कोठरी में। तेरे हल्दी-चूना लगा दूँ।

बानो : **(अचानक सलीम को धक्का देकर आवाज़ देती है।)** बचाओ। **(अचानक दिये गये धक्के से सलीम ज़मीन पर गिर पड़ता है, वह उठना चाहता है, तभी लाठी टेकते अन्धे खालू आते दिखाई देते हैं।)**

खालू : **(आते हुए)** मैं आ गया, मेरी बच्ची! मैं आ गया। **(बानो दौड़कर खालू से लिपटकर रोती है। सलीम अशर्फ़ी की थैली और माला उठाकर भाग जाता है।)**

खालू : लगता है कोई भाग गया। मैंने भागने की आवाज़ सुनी। कौन था? कौन था? **(बानो रोती रहती है।)** चुप हो जा, मेरी बच्ची। कौन था वह?

बानो : एक ईरानी सिपाही।

खालू : ईरानी लुटेरे? वह यहाँ भी आ गये? यहाँ जमुनापार भी? अल्लाह तूने मुझे बिलकुल ठीक वक़्त पर भेजा। बिल्कुल सही वक़्त पर, नहीं तो मेरा कोहेनूर लुट जाता। मैं तेरा कैसे शुक्रिया अदा करूँ। **(जैसे इबादत में)** अल्लाह, तेरा करम। तेरी मेहरबानी। **(ऊँचे गले से)** अल्लाह!!

नेपथ्य में अज़ान की आवाज़ आती है।

दृश्य : ग्यारह

(स्थान : लाल किले में अन्तःपुर)

(क़ुदसिया बेगम तेज़ क़दमों से घुसती है। तख़्त पर बैठकर अपने ऊपर हाथ का पंखा झलती है। अचानक कुछ सोचकर खड़ी हो जाती है।)

बेगम : **(आवाज़ देते हुए)** अमीरन! अमीरन!

(अमीरन का प्रवेश झुककर सलाम करती है।)

बेगम : कहाँ मर गई थी तू?

अमीरन : मलकए-आलिया, बात यह है....

बेगम : मुझे एक जाम दे।

अमीरन : सन्तरा या ख़स?

बेगम : अपना सिर दे। तू भी अपने आपको नादिरशाह की ख़ाला समझने लग गयी है। कहाँ चली गयी थी मरने?

अमीरन : मलकए-आलिया, आपको तो क़िले के हाल मालूम ही हैं। ईरानी लुटेरे अपनी मनमानी कर रहे हैं।

बेगम : इसीलिए तूने भी मनमानी शुरू कर दी। कहाँ गयी थी? **(तख़्त के पास रखी चौकी पर शराब की सुराहियाँ रखी हैं। एक सुराही से शराब उड़ेलकर अमीरन क़ुदसिया बेगम को देती है। बेगम शराब पीती है, तो लगता है उसका गुस्से का पारा कुछ कम हुआ है।)**

बेगम : क़िले में जो हो रहा है, वह देखा नहीं जाता। अल्लाह! यह सब देखने से पहले ही मुझे उठा लेता।

अमीरन : वहाँ ईरानी सिपाही....

बेगम : ईरानी तो तेरे ख़सम हैं। गयी थी अपने ख़समों के पास। बदज़ात कुतिया कहीं की।

अमीरन : मलकए-आलिया, क़नीज़ की ग़लती माफ कीजिये। क़नीज़ आपके पैरों की जूती है। आपकी शान में ग़ुस्ताख़ी हुई हो तो माफ़ फ़रमायें।

बेगम : **(गुस्सा कम होता है।)** मुझे ख़स का जाम दे। **(अमीरन दूसरे गिलास में शराब उड़ेलती है।)** क्या कुछ नया हुआ?

अमीरन : अब क्या बतायें। बताते भी ज़बान शर्म से कटती है।

बेगम : पहेलियाँ-सी क्या बुझा रही है। बतायेगी भी?

अमीरन : ख़बर यह है कि अवध के सूबेदार...

बेगम : मुझे मालूम है। नवाब वज़ीर सआदतख़ाँ बुरहानुलमुल्क की उस वहशी ने इतनी बेइज्ज़ती की कि उनको ख़ुदकुशी करनी पड़ी। किसकी पगड़ी, कब, कहाँ उछल जाये, कब किसी की गर्दन ज़मीन पर लुढ़क जाये, कोई नहीं जानता। एक ख़ौफ का गुमनाम साया आहिस्ता-आहिस्ता ख़ून के साथ रगों में दौड़ रहा है। पता नहीं कब ईरानी लुटेरे हरम के दरवाज़े तोड़कर नंगी तलवारें लिये हुए घुस आयें और....**(अचानक स्वर बदलकर, शराब का प्याला ज़मीन पर फेंककर)** क्यों नहीं ख़त्म कर देते यह ज़िन्दगी और ख़त्म कर देते दहशत भरा इन्तज़ार।

अमीरन : **(प्याला उठाकर)** आज हरम में कुछ ईरानी सिपाही आये थे।

बेगम : मुग़ल हरम में ईरानी सिपाही? जहाँ बादशाह के अलावा किसी मर्द ने क़दम नहीं रखा? मुग़ल अस्मत बेआबरू होकर बीच बाज़ार में नंगी खड़ी है।

अमीरन : उनके हुक्म से हरम की सारी बांदियों को एक जगह इकट्ठा किया गया।

बेगम : तू भी वहाँ गयी थी?

अमीरन : जाना पड़ा, मलकए-आलिया!

बेगम : मुझसे बिना पूछे?

अमीरन : क्या करती। ईरानी तेग़ के आगे मजबूर हो गयी। वहाँ सबको एक क़तार में खड़ा कर दिया गया। मैं भी उसी क़तार में थी। फिर एक ईरानी सूबेदार आया। उसने अपनी फ़ौज के बड़े अफ़सरों के लिए औरतें चुनीं। जो ख़ूबसूरत और कमसिन थीं, वह चुन ली गयीं।

बेगम : तू?

अमीरन : मैं नहीं चुनी गयी। मेरी इतनी क़िस्मत कहाँ। सुना है ख़ुश होकर ईरानियों ने इनाम-इकराम से उनको लाद दिया। **(बेगम उठकर हण्टर उठाती है, लेकिन अमीरन देख नहीं पाती)** चाँदी-सोने के ज़ेवरात, सोने का गुलबन्द, मानिक की चूड़ियाँ, मोतियों की माला...ख़ुदा जिस पर मेहरबान हो....मैं गिला नहीं करती। मुझे कोई अफ़सोस नहीं।

बेगम : **(हण्टर मारते हुए)** बदज़ात, बेग़ैरत, तेरे दीदों की हया कहाँ गयी? पानी मर गया है। ईरानियों के हमबिस्तर होने की इतनी बेताबी? वह ईरानी जिनके जूतों-तले कुचली मुग़ल सल्तनत आहें भर रही हैं, जो हज़ारों बेगुनाह हिन्दुस्तानियों के ख़ून से होली खेलकर जश्न मना रहे हैं, जो लालक़िले के सीने पर सवार वहशी हैवान-से अपने घिनौने पंजों से शाही मुग़लिया ख़ानदान के सीने को चीर रहे हैं, उन ईरानियों के बिस्तर तक नहीं जा सकी, इसलिए तुझे अफ़सोस हो रहा है? क़िस्मत को रो रही है? **(हण्टर मारती है।)** हर्राफ़ा, तुझमें ज़रा भी ग़ैरत नहीं है। **(हण्टर फेंकते हुए)** मैं तेरा चेहरा भी देखना नहीं चाहती। हट जा सामने से। **(रोती हुई अमीरन अपनी हिचकियाँ दबाती है, आँसू पोंछती है।)**

अमीरन : मलकए-आलिया, मैं गुनहगार हूँ। मुझे माफ कीजिये। मैं आपके आगे रहम का दामन फैलाती हूँ। अपनी फैयाज़दिली और बड़प्पन की भीख मेरी झोली में डाल दीजिये। मैं बेग़ैरत तो हूँ ही। ख़ुदा इसके लिए मुझे सज़ा देगा। उस ख़ुदा के आगे मैं माफ़ी की झोली नहीं फैलाऊँगी। वह जो सज़ा देगा, क़बूल करूँगी। लेकिन मेरी आक़ा, अगर आपने मुझे माफ़ नहीं किया तो मैं ज़हर खा लूँगी। **(पैर पकड़कर)** अम्मी की मुहब्बत के बाद, अगर किसी से मैंने हमदर्दी पायी है, तो सिर्फ़ आपसे। आपकी बेरुख़ी मैं बर्दाश्त नहीं कर सकूँगी। मैं ख़ुदकुशी कर लूँगी।

बेगम : **(नरम पड़कर)** ठीक है। मेरे पैर छोड़ दे। **(अमीरन पैरों पर गिरकर फफककर रोती है।)**

अमीरन : ठीक है, मैंने माफ़ किया। अब मेरे पैर छोड़ दे। **(अमीरन पैर छोड़ देती है, और एक ओर बैठकर आँसू पोंछती है।)**

बेगम : कहाँ है तेरी अम्मी?

अमीरन : मैं नहीं जानती। पता नहीं ज़िन्दा भी है या....।

बेगम : तुम क़िले में कब आयीं?

अमीरन : बहुत सालों पहले। याद भी नहीं कितने पहले।

बेगम : कैसे आयी?

अमीरन : क्या कहूँ, क़िस्मत ले आयी, यही समझिये।

बेगम : मैं तेरे बारे में जानना चाहूँगी।

अमीरन : महरौली में जोगमाया मन्दिर के पास हमारा घर था। वहीं मैं अपनी अम्मी के साथ रहती थी। एक दिन सुना बादशाह की सवारी वहाँ से निकलने वाली है। पन्द्रह-सोलह साल की थी उस वक़्त। बादशाह को देखने के लिए बेताब हो गयी और जब हाथी पर बैठे बादशाह की सवारी निकली, तो इत्तफ़ाक़ से बादशाह ने मुझे देखा। मुझसे निगाहें मिलते ही वह मुस्कुराये और मेरे तरफ़ एक फूल फेंका। मैं अपनी क़िस्मत पर इतराती न थकती। दो-चार रोज़ बाद बादशाह के कारिन्दे आये। उन्होंने मेरे अब्बा को बताया कि बादशाह उनकी बेटी को अपनी बेगम बनाना चाहता है। अशर्फ़ियों की थैली दी। सखियों ने मेरी क़िस्मत पर रश्क़ किया। कहाँ महरौली का झोंपड़ा, कहाँ लालक़िला।

बेगम : फिर?

अमीरन : मैं लालकिले में लायी गयी। शाम ढले क़ीमती कपड़ों और गहनों से सजाकर एक पलंग पर बैठा दी गयी। किसी ने कहा—आज तुम्हारी सुहागरात है। मैं सहमी-सी बैठी रही। रात बीतने लगी। बीतते-बीतते पूरी रात गुज़र गयी। सूरज निकल आया, लेकिन बादशाह नहीं आये। काफ़ी दिन चढ़े बादशाह आये, और मुझे देखकर बहकी आवाज़ में बोले—जानेमन, तुम्हारी आँखें बड़ी .ख़ूबसूरत हैं। इतना कहकर वह मेरे क़दमों के पास, पलँग पर गिर पड़े। थोड़ी देर में मुझे उनकी साँसों के खर्राटे सुनाई पड़ने लगे। वह शराब के गहरे नशे में सो रहे थे। दोपहर के बाद जब वह सोकर उठे, तो मुझे देखकर मुसकराये, बोले—'जानेमन, तुम्हारी सोहबत बड़ी लज्ज़तदार है। बड़ा मजा आया। हम चाहते हैं, इससे जो औलाद पैदा हो, उसको तुम्हारी .ख़ूबसूरत आँखें मिलें।' यह कहकर

बादशाह सलामत चले गये। मैं हैरत से अपनी जगह पत्थर बन गयी थी।

बेगम : फिर?

अमीरन : फिर तो दास्तान बहुत मुख़्तसर है। मैं दो-चार रात इसी तरह दुल्हन की तरह बैठायी गयी। लेकिन बादशाह नहीं आये, तो बाँदी बनाकर हरम में डाल दी गयी। उस सुहागरात से मैं अपनी ज़िन्दगी में किसी मर्द का इन्तज़ार कर रही थी। आज एक मौक़ा आया लेकिन उम्र दग़ा दे गयी।

बेगम : तुम्हारी दास्तान सुनकर हमदर्दी होती है। मुझे ग़म हुआ।

अमीरन : ग़म मत कीजिये। ग़म तो ग़रीबों की ज़िन्दगी का हिस्सा है। हमारे लिए क्या ग़ैरत, क्या बेग़ैरत। सब एक हैं। हम बेग़ैरती में भी शाही ख़ानदान पर दाग़ न लगने दें, तो यह हमारे लिए फ़ख़्र का बायस होगा।

बेगम : शाही ख़ानदान पर दाग़?

अमीरन : जान की अमान पाऊँ तो कुछ अर्ज़ करना चाहती हूँ।

बेगम : क्या कहना चाहती है? इजाज़त है।

अमीरन : मैंने सुना है कि नादिरशाह के नापाक इरादे मुग़लिया ख़ानदान में दाग़ लगाना चाहते हैं।

बेगम : **(अन्देशे से)** क्या मतलब?

अमीरन : मलकए-आलिया, हरम में ख़बर है कि उस भेड़िये ने आपको माँगा है।

बेगम : **(चीखकर)** अमीरन!!

अमीरन : मैं जान की सलामती तो पहले ही माँग चुकी हूँ।

बेगम : **(अपने को सम्हालकर)** तुमसे किसने कहा?

अमीरन : ईरानियों के पास से जो बांदियाँ वापस आयी हैं—उन्होंने कहा।

बेगम : **(अपने आपसे बोले हुए)** क्या यह मुमकिन है?

अमीरन : ख़ुदा का क़हर नाज़िल हो उन पर।

बेगम : हम शहंशाह से मिलना चाहेंगे, अभी इसी वक़्त।

अमीरन : शहंशाह?

बेगम : हाँ, शहंशाह।

अमीरन : इस वक़्त दिल्ली का शहंशाह नादिरशाह है। उसके नाम से जामा मस्जिद में ख़ुतबा पढ़ा गया है। वह तख़्तेताऊस पर बैठता है।

बेगम : तख़्तेताऊस पर कोई भी बैठे, लेकिन जब तक मैं ज़िन्दा हूँ, मेरे लिए शहंशाह सिर्फ़ मोहम्मदशाह हैं। समझीं। जाओ, उनको अभी बुलाकर लाओ।

अमीरन : जो हुक्म मलकए-आलिया का। **(प्रस्थान)**

(एक क्षण का अन्धकार। प्रकाश होने पर मोहम्मदशाह

प्रवेश करते हुए दिखाई पड़ते हैं।)

मोहम्मद : मलका, आपने हमें बुलवाया?

बेगम : हाँ, मेरे आक़ा!

मोहम्मद : इस वक़्त जबकि .ख़ुद हमें हमारी ख़बर नहीं है।

बेगम : कितने दिन गुज़र गये, बिना अपने सरताज का दीदार किये। अपने बादशाह को सिर्फ़ निगाह भर देखना चाहती थी।

मोहम्मद : न, न, मत कहो हमें बादशाह। हमने बादशाहत छोड़ दी है। हम फ़क़ीर हो गये हैं। तुम्हारे सामने बादशाह मोहम्मदशाह नहीं, एक फ़क़ीर खड़ा है।

बेगम : फ़क़ीर?

मोहम्मद : यह दुनिया तो फ़ानी है। यहाँ की सब चीज़ आनी-जानी है। इससे कैसा लगाव। कैसी मोहब्बत। सब झूठ है। सच सिर्फ़ .ख़ुदा है। कुछ नहीं है, सिवाये .ख़ुदा के। "लाइलाहा-इल-लल्लाह"। लगन लगानी है तो सिर्फ़ उससे। मोहब्बत करनी है तो सिर्फ़ उससे। वही एक अकेला है, हम सबका परवरदिगार

बेगम : मैंने सुना है कि नादिरशाह....

मोहम्मद : कौन नादिरशाह? कैसा नादिरशा? कहाँ का नादिरशाह? उस पाक परवरदिगार के सामने सब तिनके हैं। तूफ़ान में तिनके उड़ जायेंगे। न बादशाह रहेगा और न बादशाहत। नादिरशाह क्या चीज़ है? उसके जलाल के सामने नादिरशाह अन्धा हो जायेगा। सूखी लकड़ी-सा जलकर नेस्तानाबूद हो जायेगा।

बेगम : लेकिन अभी तक वह ज़िन्दा है। **(प्याले में शराब डालती है।)**

मोहम्मद : यह तो निगाहों का फेर है। मेरी निगाहों से देखो। **(शराब का घूंट लेकर)** एक फ़क़ीर की निगाहों से देखो। कहीं नहीं है, नादिरशाह। सिर्फ़ .ख़ुदा है। उसका नूर है। उसका हुस्न है। उसका जलाल है। .ख़ुदा तेरी क़ुदरत। हम कभी तेरा राज़ नहीं समझ सकते। कभी तेरी मंशा से वाक़िफ़ नहीं हो सकते। कितना बड़ा कारसाज़ है तू। तू ही तू है। **(शराब का एक घूंट लेकर, कुछ देर प्याले में देखता है, फिर फफककर रो उठता है।)**

मोहम्मद : हमारा लालक़िला उजड़ गया। हमारी दिल्ली बेनूर हो गयी।

बेगम : सब्र रखिये। सब्र कीजिये।

मोहम्मद : बेगम, हमारा लालक़िला उजड़ गया। **(बेगम के कन्धे से लगकर रोता है।)** हमारा लालक़िला उजड़ गया।

बेगम : .ख़ुदा की मर्ज़ी। आप हौसला मत खोइये। .ख़ुदा सब ठीक करेगा।

मोहम्मद : वह नामाक़ूल, बदशऊर, गड़रिये की औलाद, बादशाह बना है। साले

को तमीज़ भी नहीं कि तख़्त पर कैसे बैठें। चला है तख़्तेताऊस पर बैठने...ऐसे उँकड़ू बैठा था, जैसे क़दमचे पर बैठा हो। साला हरामी का बच्चा, .ख़ुदा का क़हर हो उस पर। बिजली गिरे और मर जाये मरदूद। **(सुराही उठाकर उससे शराब पीता है।)**

मोहम्मद : तहज़ीब-शऊर...कोई शराब तो नहीं जो मुँह लगा ली, और पेट में पहुँच गयी। कल तक भेड़ें चराता था, आज बना है बादशाह। सात पुश्तों के बाद ख़ानदान में तहज़ीब आती है। फिर उसके वज़ीर, सिपहसालार, अमीर, मीर, बख़्शी....सब साले, एक से एक बढ़कर घामड़ हैं। .ख़ेमों में रहने वालों ने इमारत पहली बार देखी। जहाँ भी दीवार में हीरे-जवाहरात देखते हैं, चाकू से खोदकर जेब में रख लेते हैं। दस्तरख़ान से नाक पोंछते हैं। परदों से जूते साफ़ करते हैं। जूते पहने पलंग पर चढ़ जाते हैं। गुलाब जल से हमाम में अपने घोड़े धोते हैं। हैवान, जंगली बदअक़्ल, बदशऊर, साले हरामज़ादे।

(अचानक सुराही उठाकर फ़र्श पर फेंक देता है।)

मोहम्मद : सब कुछ ख़त्म हो गया। कुछ नहीं बचा। **(रुंधे गले से)** मेरी दिल्ली बेनूर हो गयी। मेरा लालक़िला उजड़ गया। **(उठकर बेजान क़दमों से धीरे-धीरे जाते हुए गाता है "चल ख़ुसरो घर आपने रैन भई चहुँ देस")**

बेगम : ठहरिये, मेरे आक़ा! मुझे आपसे कुछ पूछना है।

मोहम्मद : तुमने कहा तो ठहर गये, वर्ना अब चला-चली का दौर है। चमन में ख़िज़ा है, बहार चली गयी। यहाँ न गुंचे हैं न फूल। फिर यह भौंरा यहाँ क्या करे? फिर भी तुमने कहा, तो हम ठहर गये।

बेगम : मैं आपसे कुछ पूछना चाहती हूँ...।

मोहम्मद : पूछना चाहती हो? मोहम्मदशाह से? मोहम्मदशाह कहाँ है? वह तो ज़िन्दा दफ़न हो गया। मग़रिब से एक आँधी आयी थी, उसमें लालक़िला टूटकर गिर पड़ा। उसी के भीतर मोहम्मदशाह दफ़न हो गया। लालक़िले की गिरी हुई दीवारें, बुर्ज़ें, छतरिया, सब उसके मज़ार हैं। फिर तुम किससे पूछोगी? कौन जवाब देगा? मुर्दे बोलते नहीं। **(जाते हुए फिर गाता है—रैन भई चहुँ देस...)**

बेगम : **(जाते हुए मोहम्मदशाह से, ऊँची आवाज़ में)** मैं जानना चाहती हूँ कि क्या नादिरशाह ने मुझे मांगा है।

मोहम्मद : **(रुककर)** नहीं, तुम्हें नहीं मांगा। बिलकुल नहीं। उसने तो नूरबाई को मांगा, और उसको हमने भिजवा दिया। तुम इत्मीनान से रहो। तुम्हें नहीं माँगा।

बेगम : **(नज़दीक जाकर)** और अगर मुझे माँगा तो?

मोहम्मद : तो...

बेगम : तो...जवाब दीजिये। अगर उसने मुझे माँगा तो? **(मोहम्मद कोई उत्तर नहीं देता)** तो....तो....?

मोहम्मद : **(जवाब टालते हुए)** चल ख़ुसरो घर आपने, रैन भई....**(गाते हुए बाहर जाता है।)**

(बेगम मजबूरी से मुट्ठियाँ भींचती है। तब ही जावेद ख़ाँ का प्रवेश।

जावेद : **(कोर्निश करके)** मैंने मलकए-आलिया की बादशाह सलामत से गुफ़्तगू सुनी।

बेगम : **(क्रोध से)** तुमने? तुम्हारी जुर्रत?

जावेद ख़ाँ : ख़ता माफ़ हो। बादशाह सलामत की हिफ़ाजत की ज़िम्मेदारी मुझ पर है। क़िले के हाल आप जानती हैं। कहा नहीं जा सकता, कौन दोस्त है और कौन दुश्मन। इसलिए बादशाह सलामत, जिससे भी बात करते हैं, वह सुनना मेरा फ़र्ज़ हो जाता है।

बेगम : तो?...क्या कहना चाहते हो तुम?

जावेद : सिर्फ़ इतना ही कि उस दरिन्दे ईरानी ने अभी तक आपको नहीं माँगा है। लेकिन अगर उसने कभी ऐसी जुर्रत की, तो मैं आपके साथ जाऊँगा। नामर्द होने की वजह से मुझे दिक्क़त नहीं होगी। लेकिन इसके पहले कि वह अपनी नापाक निगाह हमारी मलकए-आलिया के दामन पर डाले, यह ख़ंजर उसके जिगर के पार होगा। आप मुझ पर भरोसा कर मुतमइन रहें। **(कोर्निश करता है।)**

बेगम : मेरी समझ में नहीं आता...नामर्द कौन है? तुम या...?

दृश्य : बारह

(स्थान : पटपड़गंज)

सलीम : .खल्क .खुदा का, मुल्क औरत का, हुकूमत हिजड़े की.... **(ढोल पीटता है।)**

(खालू का लाठी लिये झोंपड़ी में प्रवेश)

खालू : अरे, बर्ख़ुरदार!

सलीम : आदाब, .खालू!

खालू : बहुत दिन बाद आये। यह सुबह-सुबह क्या ऐलान कर रहे हो...।

सलीम : .खालू, तुम तो रहते हो जमुनापार। तुम्हें क्या पता दिल्ली में क्या हो रहा है।

खालू : अरे तुम ठहरे दिल्ली वाले। तुम्हारा-हमारा क्या मुक़ाबला।

सलीम : वहाँ तो दुनिया ही बदल गयी। बादशाह मुहम्मदशाह .ख़ुदा को प्यारा हो गया।

खालू : .ख़ुदा उसकी रूह को अपने करम में ले।

सलीम : कैसे ज़िन्दा रहता। उनकी मौत बनकर आया था, वह नादिरशाह। सोना, चाँदी, जवाहरात, हीरे, पन्ने, मोती....सभी तो ले गया। अब लालक़िले में बचा ही क्या है। वह तख़्ते-ताऊस भी ले गया, और ताज का नूर कोहेनूर भी ले गया।

खालू : कोहेनूर भी?

सलीम : अब तख़्तनशीन है—अहमदशाह। एकदम चुग़द है। दिन-रात ऐशो-इशरत में पड़ा रहता है। शराब-अफ़ीम, गाँजा और औरतें। उसे फ़ुर्सत कहाँ कि सल्तनत के मामलों पर तवज्जह दे।

खालू : क्या होने को है?

सलीम : अब तो चढ़ बनी है—क़ुदसिया बेगम की। मादरे-सल्तनत बनकर अपने चहेते जावेद के साथ हुकूमत कर रही है। वज़ीर-अमीर, मुल्ला-मौलवी, ग़ाजी-हाजी, सब हाथ बांधे बेगम की ड्योढ़ी पर हुक्म के इन्तज़ार में घण्टों खड़े रहते हैं। वह हिजड़ा जावेद ख़ाँ, सुनते हैं क़ुदसिया बेगम के महल में रात को भी पड़ा रहता है। उसे नवाब बहादुर का ख़िताब अता किया है।

खालू : **(आहत)** तौबा!

सलीम : .ख़ालू, पिछले जुमेरात तो बड़ा मज़ा आया।...हो...हो...हो।

खालू : हँसता ही जा रहा है।

सलीम : बस कुछ मत पूछो। बहुत मज़ा आया। हो...हो...हो...हो।

खालू : बताओ भी कुछ।

सलीम : क़िले के लाहौरी दरवाज़े के बाहर कुछ मसख़रों ने एक कुतिया और एक गधा एक खूंटे में बांध दिये। जो भी अमीर-उमरा उधर से गुज़रता तो मसख़रे कहते—दरबार में जाने के पहले क़ुदसिया बेगम और नवाब बहादुर को सलाम करते जाओ।

खालू : लाहौल विलाक़ुवत! **(उठकर खड़ा होता है।)**

सलीम : सुनते हैं, कुछ ने तो झुककर सलाम भी किया....

(बानो पानी का घड़ा सर पर रखे बाहर से आती है। हाथ में रस्सी है।)

खालू : बानो! आ गयी, बेटी मैं उधर मसजिद की तरफ़ जा रहा हूँ। दरवाज़ा बन्द करके बैठना। **(बानो कोठरी में जाकर भीतर से दरवाज़ा बन्द कर लेती है।)**

सलीम : .खालू जान, कमाल है।

खालू : कैसा कमाल?

सलीम : एकदम कमाल है। मान गये तुमको ख़ालू।

खालू : अब क्या हुआ?

सलीम : कैसे जान गये कि बानो आयी है?

खालू : हम अन्धे आहट पहचानते हैं। मैं तो दिल की भी बात जान लेता हूँ।

सलीम : बताओ तो, मेरे दिल में क्या है?

खालू : न पूछ मुझसे। तुझे बुरा लगेगा।

सलीम : मुझे बुरा नहीं लगेगा। बताओ न। तुम्हें .खुदा की क़सम।

खालू : बेईमानी।

सलीम : क्या कहते हो, ख़ालू!

खालू : मैं कब तक बानों को घर में बैठाये रखूँ। तुम दोनों साथ खेले हो। तुम्हारे मरहूम अब्बा की यह ख़्वाहिश थी कि तुम दोनों का निकाह हो जाये।

सलीम : वह तो बात यह है...।

खालू : मैं तेा नमाज़ पढ़ने जा रहा हूँ। यहीं बैठो। चले मत जाना। नमाज़ पढ़कर वापस आ जाऊँ तो तुमसे बात करूँगा। आज फ़ैसला करना ही है। जाना मत। **(जाता है।)**

(सलीम कोठरी के दरवाज़े के पास खड़ी चारपाई को बिछाकर बैठता है। तम्बाकू निकालकर खाता है, फिर कोठरी के दरवाज़े की साँकल बजाता है।)

बानो : **(भीतर से)** कौन है?

सलीम : अरी, मैं हूँ सलीम। तेरा सलीम।

बानो : **(भीतर से)** क्या है?

सलीम : खोल तो दरवाज़ा। कुछ बात करनी है। बहुत ज़रूरी बात है।

बानो : मैं दरवाज़ा नहीं खोलूँगी।

सलीम : मैं क़सम खाता हूँ। ऐसा-वैसा कुछ नहीं करूँगा। एक बार तो एतबार कर। मैं क़सम खाता हूँ।

बानो : मैं दरवाज़ नहीं खोलूँगी।

सलीम : मैंने क़सम खायी है।

बानो : तेरी क़सम का क्या एतबार?

सलीम : मैं अपनी नहीं, .खुदा की क़सम खाता हूँ। क़लामे-पाक क़ुरान शरीफ़ की क़सम खाता हूँ। मैं ऐसा-वैसा कुछ नहीं करूँगा। सिर्फ़ कुछ बात करना चाहता हूँ। क़सम क़ुरान पाक की।

(बानो दरवाज़ा खोलकर बाहर आ जाती है।)

बानो : बोल, क्या कहना चाहता है।

सलीम : देख बानो मैं बहुत बुरा आदमी हूँ। मुझमें बहुत ऐब हैं। लेकिन मैंने सबसे तौबा कर लिया है। **(कान पकड़ता है।)**

बानो : **(अविश्वास से)** आज सूरज पच्छिम से निकलता दिख रहा है।

सलीम : मैंने फ़ैसला किया है कि अब आगे से शरीफ़ आदमी की ज़िंदगी बसर करूँगा। जल्दी ही तुझसे निकाह कर घर बसाऊँगा।

बानो : तो मुझसे नहीं, अब्बा से कहो।

सलीम : उनसे तो कहूँगा ही लेकिन तुझसे कुछ बात करना चाहता हूँ।

बानो : घर बसाना है तो अब्बा से ही कहो।

सलीम : **(बेसब्री से)** उनसे तो कहूँगा ही, लेकिन उसके पहले की बात तुझसे करनी है।

बानो : मुझसे? कहो क्या बात है?

सलीम : तू बैठ जा पहले। बैठ जा। **(इसरार करके उसे चारपाई पर बैठाता है।)** देख बानो, मैं चाहता हूँ कि निकाह के बाद तुझे अमीर-ज़ादियों की तरह रखूँ। लौंडियां और बांदियाँ तेरी खिदमत करें।

बानो : मुझे यह सब नहीं चाहिए।

सलीम : मैं तंग आ गया हूँ, इस ढिंढोरचीगीरी से। कुछ और करना चाहता हूँ।

बानो : क्या करोगे?

सलीम : यही तो सोच रहा हूँ। मुझे .ख़ास-सिपाही की जगह मिल सकती है। फ़ौजदार ने वादा किया है।

बानो : वाक़ई?

सलीम : आजकल क्या नहीं हो सकता। बस थोड़ी अक़्ल चाहिए और कुछ चाँदी के सिक्के।

बानो : क्या इसके लिए रुपये देने होंगे?

सलीम : और नहीं तो क्या संतमेंत में। बिना रुपये लिये, वज़ीर, मीर, बख़्शी, क़ाज़ी, कोई भी किसी रुक्के पर दस्तख़त नहीं करता। रिश्वत का खुलेआम बोलबाला है। जो चाहो सो ले लो, अगर टेंट में देने को रक़म हो।

बानो : तुम्हें रुपयों की क्या कमी?

सलीम : जानती तो है तू। लूटे हुए रुपये चोरी चले गये।

बानो : या जुए में गँवा दिये?

सलीम : अब क्या करूँ?....**(रुककर)** एक तरकीब है। लेकिन इसमें तुम्हारी मदद की ज़रूरत है।

बानो : मेरी?

सलीम : हाँ, तुम्हारी। देखो, सबके सब दोज़ख़ी कीड़े हैं। इन्हें तो रुपये चाहिए, या औरत। अगर रुपये का इन्तज़ाम नहीं कर सकता तो...

(हिचक के साथ) औरत का इन्तज़ाम करना पड़ेगा।

बानो : **(आशंका से)** तुम कहना क्या चाहते हो?

सलीम : तेरी अक़्ल पर क़ुरबान जाऊँ। इशारे से ही समझ गयी। देख, सिर्फ़ एक रात की बात है। तेरा कुछ नहीं जायेगा। लेकिन मेरी मदद हो जायेगी। मैं ढिंढोरचीगीरी छोड़कर ख़ास-सिपाही बन जाऊँगा। फिर हम लोग निकाह कर लेंगे। तेरी इस मदद का एहसानमन्द में ज़िन्दगी भर रहूँगा। बस एक रात के लिए 'हाँ' कर दे। तुझे रईसज़ादियों की तरह रखूँगा। बस तू 'हाँ' कर दे। ऐश करेगी तू। बोल, क्या है तेरा फ़ैसला?

बानो : **(संयत स्वर में)** मेरा फ़ैसला!

सलीम : कितनी हसीन है तू। महलों में सजेगी।

बानो : सुनेगा तू?

सलीम : बेगमों जैसी रौनक़ है तुझ पर।

बानो : **(पैर की जूती उतारकर दिखाते हुए—बेहद ठण्डी नपी-तुली आवाज़ में)** यह है मेरा फ़ैसला। **(तेज़ी से कोठरी में जाकर, भीतर से दरवाज़ा बन्द करती है।)**

सलीम : **(पहले हक्का-बक्का खड़ा रह जाता है फिर अचानक)** स्साली, कुतिया, हरामजादी—थू! **(क्रोध में थूकता है।)**

दृश्य : तेरह

(बुरका पहने एक औरत बानो के बन्द दरवाजे पर दस्तक देती है।)

बानो : **(अन्दर से)** कौन है?

औरत : मैं हूँ बी। ज़रा दरवाज़ा तो खोलना।

बानो : कौन है?

औरत : अरे क्या अन्दर से ही कौन है, कौन है, कर रही है। मैं हूँ रज़िया। चौधरी असदुल्ला की भांजी।

बानो : **(एकदम दरवाज़ा खोलकर)** रज़िया! **(नज़दीक जाते हुए)** अरे कब आयी तू? आओ, अन्दर आओ।

औरत : मैं तो तुझे ले जाने आयी हूँ।

(बानो की बाँह अपनी ओर खींचते हुए उठा लेती है।)

बानो : छोड़ दे...छोड़ दे। **(चेहरे से बुर्का उठ जाता है। बुरके में आदमी**

दिखाई पड़ता है।) बचाओ....बचाओ।

(वह आदमी बानो का मुँह बन्द करने की कोशिश करता है। तभी बाहर से खालू आते हैं।)

खालू : मैं आ गया, बच्ची! मैं आ गया। कौन है? कौन है? **(इत्तफ़ाक से बानो को ले जाता हुआ बदमाश खालू से टकरा जाता है। खालू हाथ का डण्डा छोड़कर बदमाश को कसकर पकड़ लेते हैं)** छोड़ दे। छोड़ दे मेरी बेटी को। मैं तेरी जान ले लूँगा। छोड़ दे।

(तभी कहीं से छिपा सलीम आकर ख़ालू की पीठ में छुरा भोंक देता है। खालू कराह के साथ गिर पड़ता है। बदमाश बानो को लेकर भाग जाता है। पीछे-पीछे सलीम भी जाता है। थोड़ी देर में दूर होती हुई घोड़े की टापें सुनाई पड़ती है।)

खालू : **(बेबसी में)** ख़ुदाबन्द ताला, अल्ला, करीम....

दृश्य : चौदह

(स्थान : लाल क़िला)

अलबेला : नवाब बहादुर, हमने सुना है कि बादशाह का फ़र्ज़ है कि वह रियाया में बदअमनी रोके, जिससे चैन और सुकून से लोग ज़िन्दगी बसर कर सकें।

जावेद : आलमपनाह ने ठीक ही सुना है।

अलबेला : इसलिए बादशाह को चाहिए कि रियाया में जो लोग बदअमनी फैलाते हैं, उनको सख़्त से सख़्त सजा दें।

जावेद : ठीक फरमाया आपने।

अलबेला : इसीलिए हमने हुक्म दिया है कि ऐसे शातिर इन्सानों को फाँसी की सज़ा दे दी जाये। हमने ठीक हुक्म दिया है न?

जावेद : आपका हुक्म आने वाले बादशाहों के लिए मिसाल होगा।

अलबेला : **(एकदम खुश होकर)** वाक़ई?

जावेद : वाक़ई।

अलबेला : साथ ही बादशाह को हर उस काम को बढ़ावा देना चाहिए जो रियाया में ख़ुशी बढ़ाये। उन्हें तरोताज़ा करे। उनकी ज़िन्दगी में रंगीनी भरे। नवाब बहादुर, आप बता सकते हैं, यह काम कौन कर सकता है?

जावेद : **(सोचते हुए)** हरदिल अज़ीज़ शहंशाह के नेक हुक्म और फ़रमान।

अलबेला : नहीं-नहीं...**(गर्व से)** नहीं बता सके?

जावेद : मैं शहंशाह की सलतनत का अदना अहलकार हूँ। इतनी समझ मुझमें कहाँ। मैं अपनी शिकस्त इक़बाल करता हूँ।

अलबेला : अगर कोई रियाया में खुशी बाँटता है, उनको तरोताज़ा करता है, उनकी ज़िन्दगी रंगीं ख़्वाबों से भरता है तो वह है—तवायफ़। नवाब बहादुर, क्या हमने ग़लत कहा?

जावेद : आलमपनाह और ग़लत कहें। यह नामुमकिन है। शहंशाह के ताज पर .खुदा का साया होता है। उसके गले में .खुदा की आवाज़। ज़मीन पर वह .खुदा का नुमायन्दा होता है। परवरदिगार, आपने बिलकुल ठीक कहा।

अलबेला : इसलिए हमने फैसला किया है कि तवायफ़ों से किसी क़िस्म का तावान नहीं लिया जायेगा। बल्कि उनके नेक काम के लिए सल्तनत की तरफ़ से हर महीना तवायफ़ों को वज़ीफ़ा दिया जायेगा।

जावेद : **(फर्शी सलाम कर)** शहंशाह के हुक्म पर अमल होगा।

अलबेला : तुम कह रहे थे कि शहंशाह ज़मीन पर .खुदा का नुमायन्दा होता है।

जावेद : आपने सही फ़रमाया, मेरे आक़ा।

अलबेला : वह जिसे चाहे उसे सूबेदार-मनसबदार बना सकता है।

जावेद : दुरुस्त है ज़िल्ले-इलाही।

(क़ुदसिया बेगम का प्रवेश, पीछे-पीछे नवाब वज़ीर सफ़दरजंग भी आते हैं।)

अलबेला : **(क़ुदसिया बेगम को सलाम करके)** मादरे-सल्तनत की ख़िदमत में हमारा सलाम क़बूल हो।

बेगम : .खुदा शहंशाहे हिन्दोस्तान को उम्रदराज़ करे।

सफ़दरजंग : शहंशाहे हिन्द की ख़िदमत में नाचीज़ का सलाम पेश है।

अलबेला : नवाब वज़ीर सफ़दरजंग, आप बहुत ठीक वक़्त पर आये। हम मादरे-सल्तनत को अपने दिमाग़ का कमाल दिखाने जा रहे हैं।

सफ़दरजंग : ग़ुलाम की ज़हे-क़िस्मत।

अलबेला : मादरे-सल्तनत, हर बादशाह बूढ़े खूसटों को सूबेदार, मनसबदार बनाता रहा है। अमीरुल-उमरा कभी एक राय नहीं होते। आसफ़जाह निज़ामुलमुल्क चाहते हैं कि मालवा का सूबेदार कोई तूरानी बनाया जाये। नवाब वज़ीर अब्दुल मन्सूर ख़ाँ सफ़दरजंग चाहते हैं कि मालवा का सूबेदार कोई ईरानी बनाया जाये। इस ईरानी-तूरानी के झगड़े को दूर करने के लिए हमने मालवा का सूबेदार बनाने के लिए जिसे चुना है, उसका अन्दाज़ा आप तसव्वुर में भी नहीं कर सकतीं।

बेगम : कौन है वह?

अलबेला : अभी पेश होता है वह आपकी ख़िदमत में **(दोनों हाथों से ताली बजाता है। थोड़ी देर में एक छह-सात साल का लड़का शहंशाह के सामने कोर्निश करता है।)**

अलबेला : जनाब चुन्ने ख़ाँ को ख़ानेदौराँ का ख़िताब अता फ़रमाते हुए हम शहंशाहे हिन्दोस्तान अहमद शाह अलबेला, उनको मालवा का सूबेदार तैनात करते हैं। सूबेदार मालवा को हुक्म दिया जाता है कि वे मादरे-सल्तनत की ख़िदमत में कोर्निश बजा लायें।

(मालवा का सूबेदार, क़ुदसिया बेगम के सामने कोर्निश करता है।)

अलबेला : **(मूर्खतापूर्ण प्रसन्नता से)** हम चाहें तो पत्थर को सूबेदार बना दें। हम शहंशाह हैं।

बेगम : हमें शहंशाह का फ़ैसला पसन्द आया। शहंशाह ने जिस तरह ईरानी-तूरानी झगड़े से किनारा किया है, वह एक ज़हीन और रौशन दिमाग़ बादशाह ही कर सकता है। मादरे सल्तनत को शहंशाहे हिन्दोस्तान पर फख़्र है।

अलबेला : सूबेदारे मालवा को हुक्म दिया जाता है कि अब वह शहंशाहे हिन्दोस्तान को तीन बार सलाम करे।

चुन्ने ख़ाँ : सिर्फ़ मादरे-सुल्तान को सलाम करना था...

अलबेला : अबे तो क्या हमको सलाम करके छोटा हो जायेगा?

चुन्ने ख़ाँ : हर एक को सलाम....?

अलबेला : हम बादशाह हैं।

चुन्ने ख़ाँ : नहीं करते।

अलबेला : करेगा कैसे नहीं....

चुन्ने ख़ाँ : नहीं करता।

अलबेला : अम्मी, इस लौण्डे की हिम्मत तो देखिये। बादशाहे हिन्दोस्तान से ज़बान लड़ाता है। चल, हमें सलाम कर।

चुन्ने ख़ाँ : नहीं करता।

अलबेला : लगाऊँगा दो झापड़....

चुन्ने ख़ाँ : **(जीभ निकालकर अगूँठा दिखाता है।)**

अलबेला : स्साला अगूँठा दिखाता है। ठहर तो, अभी बताता हूँ। **(चुन्ने ख़ाँ को पकड़ने दौड़ता है।)**

(चुन्ने भागता है। पीछे-पीछे अलबेला भागता है। दोनों का प्रस्थान। क़ुदसिया बेगम हँसती है।)

बेगम : (हँसते हुए) अभी भी बच्चा है।

सफ़दरजंग : रुख़सत की दरकार है, मादरे-सल्तनत! **(झुककर सलाम करके जाता है।)**

बेगम : कुछ समझ में नहीं आता। सफ़दरजंग हमारे साथ हैं या हमारे दुश्मनों के साथ।

जावेद : सब अपने-अपने साथ हैं। जिसका जब जिसके साथ काम पड़ता है, वह उसके साथ हो जाता है। सब-के-सब मतलबी हैं। किसी पर एकदम यक़ीन नहीं किया जा सकता।

बेगम : तुम ग़लत कहते हो। अभी भी एक है, जिस पर यक़ीन किया जा सकता है।

जावेद : कौन?

बेगम : **(उठकर जावेद के पास जाकर उसके सीने से लगते हुए)** जावेद।

जावेद : मादरे-सल्तनत....

बेगम : मत कहो मुझे मादरे-सल्तनत। क़ुदसिया कहो।

जावेद : **(क़ुदसिया को बाँहों में भरते हुए)** क़ुदसिया!

बेगम : तुम्हारी इन बाँहों में मुझे सुकून मिलता है....ज़िन्दगी में एक, सिर्फ़ एक मिल जाये तो इस यक़ीन के सहारे ज़िन्दगी कट सकती है। उस यक़ीन पर मौत भी लुटायी जा सकती है।

जावेद : **(क़ुदसिया को दोनों कन्धों से पकड़कर)** या .ख़ुदाया, अगर मुझे मौत देना तो मेरी तुझसे इल्तिजा है, इन हसीन हाथों की मिट्टी मुझे क़ब्र में दफ़न करे। **(क़ुदसिया के दोनों हाथ अपनी आँखों से लगाता है।)**

बेगम : मुझे दहशत होती है। मौत की बात न करो।

जावेद : तुमने मुझे इतना दिया है, सब कुछ दिया है कि अब कोई ख़्वाहिश नहीं है। कोई अरमान नहीं। ख़्वाहिश है तो बस इतनी, कि ख़ून का आखिरी क़तरा तक तुम्हारे काम आ सके।

बेगम : मत करो मौत की बात। मुझे दहशत होती है।

जावेद : तुमने मुझे इतना दिया है। इतना कुछ। बदले में मैं तुम्हें क्या दे पाया। **(क़ुदसिया से दूर हटते हुए)** कुछ भी तो नहीं। इसीलिए मौत की बात करता हूँ। तुम्हारे लिए यह ज़िन्दगी मौत को निछावर करना चाहता हूँ।

बेगम : **(जावेद के पास जाकर)** क्या नहीं दिया तुमने? तुमने मुझे इज्ज़त दी। एक इन्सान होने का एहसास दिया। औरत होने का नहीं, एक इन्सान होने का एहसास दिया, एक ग़ैरतमन्द इन्सान। तुमने एक कमज़ोर, मँझधार में बहती, भटकती औरत को अपनी मज़बूत बाँहों

के घेरे में लेकर तहफ़्फ़ुज का एहसास दिया। यह क्या कम है।

जावेद : **(क़ुदसिया से दूर हटकर)** मैं तुम्हें एक औलाद भी नहीं दे सका। कितना मजबूर हूँ मैं। कितना मजबूर है यह मेरा जिस्म। कितना मजबूर है मेरा वजूद।

बेगम : **(जावेद के पास जाकर)** औरत मर्द से सिर्फ़ औलाद ही नहीं चाहती। मर्द वह है जिसकी बाँहों में औरत ज़िन्दगी की तमाम परेशानियों से आज़ाद हो सके। जिसकी बाँहें उसके चारों ओर ऐसा क़िला तामीर कर दें, जिसमें गर्म हवा तक आने से डरे। तुमने वह क़िला मेरे चारों ओर तामीर किया है। आज मुझे अपने वजूद पर ग़रूर है तो तुम्हारी वजह से। यह ग़रूर मुझे कोई मर्द नहीं दे सका, कोई नहीं। सबने मुझे अपनी मर्दानगी के पैमाने के तौर पर इस्तेमाल किया और फिर छोड़ दिया। ओह जावेद, तुम नहीं समझ सकते, तुम मेरे लिए क्या हो। कहाँ से आ गये? कैसे आ गये मेरी ज़िन्दगी में? .खुदा की रहमत। .खुदा के भेजे फ़रिश्ते।

जावेद : उस वक़्त मैं बारह-चौदह साल का था। क़ाफ़िले को जब डाकुओं ने लूटा, तो अब्बा-अम्मी दोनों ही हलाक़ कर दिये गये थे। मुझे डाकुओं ने किसी गिरोह को बेच दिया, जिसका काम था लड़कों को नामर्द बनाकर बेचना—रईसों, अमीरों, बादशाहों के हरम के लिए! मैं किसी तरह एक दिन उन लोगों की क़ैद से भाग निकला। दो दिन का भूखा-प्यासा जमुना बाज़ार के घाट पर बैठा था, तो एक सात-आठ साल की लड़की अपनी अम्मी के साथ जमुना नहाने आयी थी। अम्मी जब पास के मन्दिर में गयी तो वह लड़की मेरे पास आयी। बड़ी-बड़ी मासूम निगाहों से मुझे एकटक देखते हुए उसने पूछा—'भूख लगी है? कुछ खाओगे?' इसके पहले कि मैं जवाब देता, वह मेरे हाथ में चार पूरियाँ रख गयी। शायद मन्दिर के लिए लायी थी, लेकिन मुझे दे गयी। तब से मैं उस लड़की को तलाश रहा था।

बेगम : वह लड़की मिली तुम्हें?

जावेद : हाँ। बीस-बाईस बरस बाद।

बेगम : पहचाना तुमने?

जावेद : नहीं। नहीं पहचान सका। वह लड़की बड़ी होकर हुस्न और जमाल में बहिश्त की हूर लगती थी। मैं नहीं पहचान सका उसे। लेकिन जब उसकी अम्मी को देखा, तब जाना, यही है वह नन्हा फरिश्ता, जिसे मैं अरसे से ढूँढ रहा था। मेरी ज़िन्दगी की तलाश के साथ ज़िन्दगी के सफ़र को भी अपनी मंज़िल मिल गयी। अब मुझे .खुदा

से कुछ नहीं चाहिए।

बेगम : कौन है वह लड़की? कहाँ है वह बहिश्त की हूर? क्या नाम है उसका?

जावेद : वह मेरे सामने खड़ी है। नाम है उसका ऊधम बाई.....क़ुदसिया बेगम। **(रुककर एकटक देखते हुए)** मैं आज भी इस चेहरे में मासूस लड़की की वह बड़ी-बड़ी आँखें देख सकता हूँ।

बेगम : ओह जावेद! **(जावेद के सीने से लगकर)** तुमने मुझे यह पहले क्यों नहीं बताया।

(अचानक दरवाज़े के पास से कुछ आवाज़ आती है। जावेद चौंककर उधर देखता है। फिर इशारे से क़ुदसिया बेगम को चुप रहने का इशारा करके वह तलवार निकालकर दरवाज़े तक हल्के क़दमों से जाता है और अचानक दरवाज़ा खोल देता है। सलीम जो छिपकर बातें सुन रहा था, घबरा जाता है। जावेद उसे बाँह से पकड़कर बीच मंच पर गिरा देता है। सलीम के हाथ का भाला भी दूर जा गिरता है। जावेद सलीम के सीने पर तलवार रख देता है।)

जावेद : कुत्ते! नमक हराम!

बेगम : यह जासूस लगता है। इससे पूछो कि यह किसका आदमी है? कौन इसे यहाँ लगाया है?

जावेद : हरामज़ादे, बता किसके लिए तू जासूसी करने आया है?

सलीम : किसी के लिए नहीं। माई-बाप, किसी के लिए नहीं। मैं बेगुनाह हूँ। मुझे माफ़ कीजिये।

जावेद : ठीक-ठीक बोल, नहीं तो यह तलवार तेरे सीने के आर-पार होगी।

सलीम : **(चीख़कर रोते हुए)** रहम, सरकार! माई-बाप रहम। मेरे बीवी-बच्चे यतीम हो जायेंगे। रहम! रहम!

बेगम : जावेद, इसको मेरे सामने आने दो।

(जावेद सलीम के सीने से तलवार हटा लेता है। सलीम दौड़कर क़ुदसिया बेगम के पैरों के सामने ज़मीन पर लोट जाता है।)

सलीम : मादरे-सल्तनत, रहम! भिखारी की झोली में रहम की भीख डाल दें; गुनाहों के लिए माफ़ करें। मैं कान पकड़ता हूँ। अपने गालों पर तमाचे लगाता हूँ यह गुनाह फिर कभी नहीं करूंगा।

बेगम : ठीक है। हमने तुम्हें माफ़ किया।

सलीम : मादरे-सल्तनत!

बेगम : हाँ, हमने माफ़ किया।

सलीम : आप फ़रिश्ता हैं। रहमत की फ़रिश्ता। .खुदा आपका इस्तक़बाल और ऊँचा करेगा। आपके जलाल की चमक सातवें फ़लक तक पहुँचेगी।

बेगम : लेकिन हमें यह बताओ, तुम्हें किसने यहाँ जासूसी के लिए भेजा है?

सलीम : मेरे सर की क़सम, किसी ने नहीं।

बेगम : फिर तुम छुपकर हम लोगों की बातें क्यों सुन रहे थे?

सलीम : **(रोता-सा)** कहाँ सुन रहा था? मैं नहीं सुन रहा था। मैं तो सुन ही नहीं सकता। मैं तो बहरा हूँ। सुन ही नहीं पाता। रहम। मादरे-सल्तनत, रहम।

(क़ुदसिया के पैरों के पास फिर ज़मीन पर लोट जाता है।)

जावेद : **(तलवार सलीम की पीठ पर रखते हुए, क़ुदसिया से)** सुना आपने, यह बहरा है। सुन ही नहीं पाता। **(सलीम से)** खड़े हो। **(सलीम घबराकर खड़ा हो जाता है।)** अपने बहरे कानों से सुनो। मैं जानना चाहता हूँ कि तुम किसके आदमी हो? किसके लिए जासूसी कर रहे थे? सफ़दरजंग के लिए या निज़ामुलमुल्क के लिए या किसी और के लिए। मैं दस तक गिनता हूँ। अगर तुमने इस बीच नाम बता बता दिया तो तुम ज़िन्दा रहोगे, नहीं तो दस आते ही यह तलवार तुम्हारे जिगर में होगी।

सलीम : माई-बाप, तरस खायें मुझ पर।

जावेद : एक....दो....तीन....

सलीम : **(रोते हुए)** मैं मरना नहीं चाहता, सरकार....मैं मरना नहीं चाहता।

जावेद : चार.....पाँच....

सलीम : **(घबराकर हाँफते हुए)** नहीं, सरकार! नहीं, नहीं। मैं मरना नहीं चाहता। सिर्फ़ एक बार .खता माफ़ करे....सिर्फ़ एक मौक़ा और दें। आइन्दा कभी ऐसा नहीं होगा।

जावेद : छह.....सात.....आठ.....

सलीम : या .खुदा, रहम कर। **(घुटने के बल बैठते हुए)** नवाब बहादुर, आपके क़दमों की क़सम, एक बार माफ़ कर दें। सिर्फ़ एक बार। आपके पाक क़दमों की क़सम।

जावेद : नौ....दस....

सलीम : **(अचानक चीखते हुए)** निज़ामुल्मुल्क ने सरकार। निज़ामुलमुल्क के आदमियों ने मुझे यह नौकरी दी। यहाँ तैनात किया उन्होंने।

मैंने कुछ नहीं किया। मैं बेगुनाह हूँ।

बेगम : निज़ामुलमुल्क। यह हरक़त निज़ामुलमुक की है। **(जावेद से)** हमें उससे और होशियार रहने की ज़रूरत है।

सलीम : **(जावेद के पैर पकड़ते हुए)** मैं बेगुनाह हूँ। मुझे माफ़ फ़रमायें। मैं कुछ नहीं जानता। मैं ग़रीब क्या जानूँ चाल-फ़रेब। चन्द सिक्कों के लालच में यह सिपाही की नौकरी कर ली। वरना मैं क्या जानूँ सिपाही-विपाही। न मैं सिपाही, न मेरा बाप सिपाही। मैं तो मामूली ढिंढोरची था।

जावेद : ढिंढोरची?

सलीम : हाँ, सरकार! ढिंढोरची। मैं ढिंढोरची, मेरा बाप ढिंढोरची। मेरा दादा ढिंढोरची। कान पकड़े। बहुत भर पाये। मैं फिर बन जाऊँगा ढिंढोरची। जान की सलामती दें, हुजूर! मैं आपके क़दमों में पड़ा हूँ।

जावेद : **(सलीम को गले से पकड़कर उठाते हुए)** मादरे-सल्तनत मैं, इसको जानता हूँ। पहचानता हूँ। बहुत पहले मेरे पास एक ढिंढोरची आया था। सिपाही की नौकरी माँगता था।

सलीम : वह मैं ही था।

जावेद : हाँ, मुझे याद है। बहुत मिन्नतें कर रहा था—सिपाही की नौकरी के लिए।

सलीम : वह मैं ही था, सरकार!

जावेद : वह ढिंढोरची हिजड़ा था।

सलीम : **(रहम की उम्मीद में)** मैं...मैं हिजड़ा हूँ।

जावेद : उसका बाप भी हिजड़ा था।

सलीम : **(तोते-सा दोहराते हुए)** मेरा बाप भी हिजड़ा था।

जावेद : **(सख्त तौलती नज़रों से घूरते हुए)** तुम हिजड़े की औलाद हो?

सलीम : **(घबराया-सा)** जी...जी...जी हाँ, सरकार **(जावेद थप्पड़ मारता है। सलीम ज़मीन पर गिर पड़ता है।)**

(जावेद तख़्त के पास रखे गजर पर चोट करता है। दो सिपाही भाला लिये प्रवेश करता हैं।)

जावेद : गिरफ़्तार कर लो इसे। **(सिपाही दोनों बाँहों से सलीम को पकड़कर उठाते हैं। दहशत से सलीम के मुँह से आवाज़ नहीं निकल रही है।)**

जावेद : **(सलीम से)** तुमने अपने रहनुमा का नाम बताकर अपनी जान की सलामती हासिल कर ली है। इसलिए ढिंढोरची, तुम ज़िन्दा रहोगे। लेकिन हिजड़े की औलाद हिजड़ा बनकर ही ज़िन्दा रह सकती है।

(सिपाहियों से) यह तब तक हिरासत में रहेगा जब तक जर्राह इसे मुकम्मिल हिजड़ा न बना दे।

सलीम : (चीखते हुए) नहीं....(सिपाही उसे खींचकर ले जाते हैं।) रहम...रहम, मेरे आक़ा! रहम...

दृश्य : पन्द्रह

(स्थान : सफ़दरजंग की कोठी में तहख़ाना।)

(पार्श्व (विंग) से नीचे मंच पर सीढ़ी के द्वारा आया जा सकता है। तहखाने में तीन-चार अमीर खड़े आपस में फुसफसाकर बातें कर रहे हैं। सफ़दरजंग और उसके पीछे आता सलीम सीढ़ी से उतरते हैं।)

सफ़दरजंग : (सीढ़ी से उतरते हुए) साहिबान! ख़ुशामदेद! ख़ुशामदेद। (नीचे आकर) अपने ग़रीबख़ाने पर आपका ख़ैरमख़दम करते हुए मुझे बड़ी ख़ुशी हो रही है।

अमीर-1 : हम इस दावतनामें का मक़सद जानना चाहते हैं।

अमीर-2 : फिर इस तरह हम लोगों को यहाँ, चुपचाप तहख़ाने में क्यों लाया गया?

सफ़दरजंग : यह दावतनामा मेरी मय्यत के सिलसिले में है।

अमीर-3 : क्या कह रहे हैं?

अमीर-2 : अगर सल्तनत के वज़ीरे-आज़म, अवध और इलाहाबाद के सूबेदार ही मायूस हो जायेंगे तो....

अमीर-1 : तो हम लोगों का क्या होगा?

सफ़दरजंग : अब जल्दी ही आप लोगों को मेरी कोठी पर मातमपुर्सी के लिए आना होगा। मैं, नवाब वजीर अबू-अल-मन्सूर ख़ाँ सफ़दरजंग, नवाबे-अवध ने ख़ुदक़ुशी करने का फ़ैसला कर लिया है।

अमीर-2 : तौबा! तौबा! ऐसा क्यों कहते हैं?

सफ़दरजंग : औरत और हिजड़े की हुकूमत में रहने से तो बेहतर है मर जाना।

अमीर-3 : आप ठीक कहते हैं। इन हालात में कोई ग़ैरतमंद आदमी कैसे ज़िन्दा रह सकता है।

सफ़दजंग : कौन है ग़ैरतमन्द। मैं या आप? कोई भी ग़ैरतमन्द होता तो अब तक ज़िन्दा न बचा होता? यह सब देखने के पहले ही वह ज़हर खा चुका होता।

अमीर-1 : आपने तो मुँह की बात ले ली। कैसे कोई बर्दाश्त करे यह ज़िल्लत। कहना तो मैं भी यही सब चाहता था। लेकिन डर से मुँह पर ताला डाल

दिया था। आज आपने कहा, तो कुछ हिम्मत हुई।

अमीर-4 : इस महफ़िल की ख़बर अगर उस नार्मद को पहुँच गयी...?

अमीर-2 : तो किसी के जिस्म पर सर नहीं होगा।

अमीर-3 : उसके जासूसों का जाल चारों तरफ़ फैला है। कौन जाने, हमीं लोगों में से...

सफ़दरजंग : इतना डरने की ज़रूरत नहीं। यहाँ सब अपने ही लोग हैं।

अमीर-4 : **(संयम से)** फ़ौजदार तो...?

सफ़दरजंग : फ़ौजदार मिर्ज़ा सलीम बेग हमारे ख़ास भरोसे के हैं। इनके दादा समरक़न्द से आये थे। इनकी अम्मी का ताल्लुक़ पाक सैयद ख़ानदान से है। इनके सामने आप लोग खुलकर बात कर सकते हैं।

अमीर-2 : फिर भी?

सफ़दरजंग : कहा न, इन पर हम सब पूरा यक़ीन कर सकते हैं। अगर मुझ पर यक़ीन है, तो इन पर भी यक़ीन कर सकते हैं। वैसे भी यह आप लोगों के बीच नहीं बैठेंगे। मैं इन्हें ज़रूरी और अहम ज़िम्मेदारी सरअंजाम देने भेज रहा हूँ।

अमीर-4 : यक़ीन करने के अलावा और चारा ही क्या है। अगर यह हमारी गुफ़्तगू की ख़बर उस दरिन्दे को पहुँचा भी दें, तो हद से हद हमारी जान ही तो ले लेगा। हम तो जान देने को तैयार बैठे हैं।

सलीम : हुज़ूर अनवर से जाने की इजाज़त माँगता हूँ। **(फ़र्शी सलाम कर जाता है।)**

सफ़दरजंग : आप लोगों ने मान ख़ाँ का नाम तो सुना होगा.... अरे वही क़ुदसिया बेगम का चचेरा भाई।

अमीर-3 : हाँ-हाँ, वही, जो महफ़िलों में नाचता है?

अमीर-2 : वही! जो महफ़िलों में नाचता है। उल्टी कटोरियों को सीने पर चोली में बाँधकर अदायें मारता है। घाघरा पहनकर कूल्हे मटकाता है। उसे बादशाह ने पाँच हज़ारी मनसबदार से तरक्क़ी देकर तीस हज़ारी मनसबदार बनाया है।

अमीर-1 : वह नचनियाँ! तीस हज़ारी मनसबदार!!

सफ़दरजंग : जी हाँ, वह मेहरा, नचनियाँ। उसे ख़िताब भी अता फरमाया गया है—मुतकुद्दोला बहादुर।

अमीर-1 : उसे तो कूल्हा मटकनिया बहादुर का ख़िताब दिया जाना चाहिए था।

अमीर-4 : **(जोश से)** क्या हम सब यही देखने के लिए ज़िन्दा हैं। लगता है हमारी रगों का ख़ून पानी बन गया है।

अमीर-3 : एक औरत और एक हिजड़ा मिलकर हम पर हुकूमत करें!

अमीर-4 : लानत है हम पर! हमारी मर्दानगी पर!

अमीर-1 : अभी तो इब्तदा है। आगे-आगे देखिये होता है क्या!

अमीर-2 : अब देखने को बाक़ी ही क्या बचा है!

अमीर-1 : आज वह नचनियाँ मनसबदार बना है। सुना है बादशाह सलामत का जल्दी ही फ़रमान आने वाला है कि सूबेदार, मनसबदार, जागीरदार—सिर्फ़ हिजड़े ही होंगे।

अमीर-4 : बको मत मियाँ।

अमीर-1 : जी हाँ, जनाब! आप लोगों का मुआइना होगा। जो नामर्द पाये जायेंगे वही अपना ओहदा, कोठी रख सकेंगे। जो नहीं पाये जायेंगे...

अमीर-2 : उनसे मनसबदारी छीन ली जायगी।

अमीर-3 : जी नहीं। उन्हें एक महीने का मौक़ा दिया जायेगा। एक महीने में या तो जर्राह बुलाकर नामर्द बन जाओ, या मनसबदारी छोड़ो।

अमीर-4 : बर्दाश्त की भी हद होती है।

अमीर-3 : मियाँ, तैश दिखाने से क्या फ़ायदा! यह बड़ी-बड़ी दाढ़ी, यह ऐंठी हुई मूँछें सब बेकार हैं। उस हर्राफ़ा को तो खुसरे पसन्द हैं। दाढ़ी-मूँछ मुड़ा के घाँघरा-चोली में उसके आगे कूल्हे मटकाओ, तो सीने से लगा लेगी।

अमीर-4 : **(अमीर-3 से ताव में)** अगर एक लब्ज़ भी बोले तो तुम्हारी ज़बान काट लूँगा।

सफ़दरजंग : खामोश, साहबान! आपस में लड़ने से क्या फ़ायदा। हम लोगों को मिलकर सोचना है कि क्या किया जाये।

अमीर-2 : .खुदा का ख़ौफ़ करना चाहिए।

सफ़दरजंग : हम लोग अकेले कुछ नहीं कर सकते। अकेले-अकेले तो सिर्फ़ ज़हर पीकर इस जहन्नुम से निजात पा सकते हैं।

अमीर-2 : लगता है क़यामत दूर नहीं। .खुदा ने औरत को मर्द की ख़िदमत के लिए बनाया है। मर्द को हुकूमत करना चाहिए।

अमीर-1 : लेकिन हुकूमत कर रही है औरत। ख़िदमत कर रहे हैं मर्द।

अमीर-3 : .खुदाई क़ानून को तोड़ने पर .खुदा हमें कभी माफ़ नहीं करेगा।

अमीर-4 : सबसे ज़्यादा अय्यार तो वह हिजड़ा है। उसकी सब जगह की ताक़त उसके दिमाग़ में पहुँच गयी है। कितना चालाक है। कभी ईरानियों की तरफ़ तो कभी तूरानियों की तरफ़। दोनों को लड़ाता रहता है।

अमीर-1 : यह मामला ईरानी-तूरानी का नहीं है। यह मामला मर्दानगी का है। एक औरत और एक हिजड़े ने मिलकर हमारी मर्दानगी को ललकारा है।

सफ़दरजंग : जो मर्द हैं, चाहे वह ईरानी हों या तूरानी, मुग़ल हों या पठान, अरबी हों या हिन्दुस्तानी—उनको एक होना है। मैं मर्दों को दावत देता हूँ। उनकी मर्दानगी को दावत देता हूँ कि वह हमारे साथ आयें। हम एक

साथ जियेंगे और एक साथ मरेंगे। लेकिन .ख़ुदाई क़ानून को बरक़रार रखेंगे।

अमीर-4 : हमारे रास्ते का काँटा वह खुसरा है। सबसे पहले उसी को हटाना पड़ेगा।

सफ़दरजंग : .ख़ुदा ने चाहा तो यही होगा। **(दोनों हाथ उठाकर)** आमीन!

सब : सुम्मा आमीन!

(धीरे-धीरे अँधेरा होने लगता है। आगे-आगे मशाल लिये सलीम और उसके पीछे-पीछे जावेद सीढ़ी से उतरता है। सफ़दरजंग आगे बढ़कर जावेद को सीने से लगाता है। तब ही पीछे से सलीम उसकी पीठ में छुरी भोंक देता है। जावेद तलवार निकाल कर अपने चारों ओर खड़े अमीरों पर हमला करना चाहता है, किन्तु लड़खड़ाकर गिरता है। सब जावेद ख़ाँ के चारों ओर झुककर तड़पते हुए उसका मरना देखते हैं। जावेद ख़ाँ के मरने पर सफ़दरजंग उठकर सलीम के पास जाता है। अपने गले से मोतियों की माला निकालकर सलीम के गले में डालता है, फिर उसे अपने सीने से लगाता है।)

दृश्य : सोलह

(स्थान : लाल क़िले में क़ैदख़ाना)

(जंज़ीरों से बँधे अहमदशाह और बेगम क़ुदसिया को क़ैदखाने में ढकेलकर सिपाही वापस चले जाते हैं।)

अहमद : क्या हम कभी यहाँ से निकल सकेंगे?

बेगम : शायद नहीं।

अहमद : क्या हमें यह लोग खाना देंगे?

बेगम : शायद नहीं।

अहमद : वह पानी तो देंगे?

बेगम : शायद नहीं।

अहमद : तो...तो... हम ज़िन्दा कैसे रहेंगे?

बेगम : ज़िन्दा नहीं रह सकेंगे।

अहमद : **(दहशतज़दा)** हम मर जायेंगे।

बेगम : **(ठण्डे स्वर में)** हम मर जायेंगे।

अहमद : **(घबराकर)** नहीं। हम मरना नहीं चाहते। हम मरना नहीं चाहते।

बेगम : बच्चे इतना नहीं घबराते।

अहमद : हम जीना चाहते हैं।

बेगम : इतना नहीं डरते।

अहमद : उनसे कहिये, हमें कुछ नहीं चाहिए। हम बादशाह नहीं रहेंगे। जो चाहे बादशाह बन जाय, लेकिन हमें ज़िन्दा छोड़ दें।

बेगम : ज़िंदगी से इतनी मोहब्बत?

अहमद : उनसे कहिये, हमारा ताज भी ले लें।

बेगम : वह तो ले ही चुके हैं।

अहमद : हमारे सारे कपड़े ले लें। सारे हीरे-जवाहरात...सब कुछ ले लें।

बेगम : वह सब पहले ही ले चुके हैं।

अहमद : बस, हमें ज़िन्दा छोड़ दें। हम उनसे कुछ भी नहीं मागेंगे। लाल क़िले से बाहर चले जायेंगे। कहीं झोंपड़ी में रह लेंगे। बस उनसे कहिये, ज़िन्दा छोड़ दें।

बेगम : इधर आओ, मेरे बच्चे! मेरे पास आओ। **(अहमद पास जाकर उसकी गोद में सर छिपाकर दुबक जाता है।)** तुम बहुत डर गये हो। इतना नहीं डरना चाहिए। मौत तो हर एक के लिए लाज़िमी है। जो इस दुनिया में आता है, उसे एक दिन तो जाना ही पड़ता है। कोई ज़रा देर से जाता है, कोई ज़रा जल्दी।

अहमद : नहीं, अम्मी! हम अभी नहीं जाना चाहते। हमें बचा लीजिये। आपसे इल्तजा करते हैं। हम आपके हाथ जोड़ते हैं। उनसे कहिये कि हमें छोड़ दें।

बेगम : नादान बच्चे, बादशाह जिस शान से ज़िन्दा रहते हैं, उसी शान से मौत को गले लगाते हैं। लगता है, वह लोग आ गये।

अहमद : **(चौंककर उठ बैठता है)** कौन?

(दरवाज़े से दो सिपाहियों के साथ, हाथ में नंगी तलवार लिये सलीम का प्रवेश)

सलीम : **(अहमदशाह को देखकर)** इसे ले चलो।

अहमद : **(घबराकर)** नहीं, नहीं। हम मरना नहीं चाहते। हमें छोड़ दो। हम आपके क़दमों पर पड़ते हैं। **(सलीम के पैरों पर पड़ता है।)**

(बिजली की फुर्ती से क़ुदसिया बेगम सलीम के क़दमों पर झुके अहमदशाह को खींचकर उठाती है।)

बेगम : **(चीखते हुए)** क्या करते हो। अब तक इज्ज़त से ज़िन्दा रहे हो, अब ग़ैरत से मरने जाओ। **(सलीम से)** ले जाओ इसे।

अहमद : **(रोता हुआ)** अम्मीजान!

बेगम : जाओ।

(सिपाही 'नहीं-नहीं' करते, रोते अहमदशाह को पकड़ कर बाहर ले जाते हैं। थोड़ी देर में पास के कमरे से उसकी भयाक्रान्त चीख सुनाई पड़ती है– 'अम्मी'।)

बेगम : अलविदा, मेरे बच्चे! अलविदा! तुम कितने ख़ुशक़िस्मत हो। .ख़ुदा ने तुम्हें अपने पास बुला लिया। तेरी इस अम्मी की ऐसी क़िस्मत कहाँ। तभी तो अब तक ज़िन्दा है। **(रुककर)** उधर कुछ दूर पर दीवार के उस पार मेरे बेटे की लाश पड़ी है। उसके सीने में तलवार का जख़्म होगा। उसमें उसका लाल गर्म .ख़ून बह रहा होगा। .ख़ून, जो मेरा अपना है। .ख़ून, जो मेरे दूध से बना है। उसका जिस्म अभी भी गर्म होगा। ऐसा लगता होगा जैसे सीने पर सुर्ख़ गुलाब की माला पहने वह अभी सोया है। काश, एक बार मैं देख पाती...। **(अचानक शून्य में देखते हुए)** जावेद! जावेद, तुम?

(दो सिपाहियों के साथ सलीम का प्रवेश। उसके हाथ में आग में तपी दो लाल लोहे की सलाखें हैं।)

सलीम : पकड़ लो इसके हाथ। **(एक सिपाही फुर्ती से क़ुदसिया बेगम के हाथ पीठ की तरफ़ से पकड़ता है। दूसरा सिपाही सिर पकड़ता है। सलीम दोनों सलाखें सामने से उसकी आँखों में घुमाता है। क़ुदसिया बेगम के गले से एक दर्दनाक चीख़ निकलती है। एकदम अन्धकार।)**

(कुछ क्षण पश्चात् ढिंढोरची के ढोल की आवाज़ सुनाई पड़ती है। कुछ क्षण पश्चात् जैसे ही इस दृश्य पर प्रकाश आता है, एक दूसरा ढिंढोरची ढोल बजाता दिखाई पड़ता है।)

ढिंढोरची : ख़ल्क .ख़ुदा का, मुल्क शहंशाहे हिन्द अज़ीजुद्दीन आलमगीर ग़ाज़ी का, हुकूमत सूबेदार-ए-दिल्ली दौलतुज्ज़मा शेख़ मिर्ज़ा सलीमशाह बेग-बहादुर की...

(तब ही हवादार (खुली पालकी,) जिसमें तकियों के बीच में सलीम अधलेटा मुस्करा रहा है, लिये चार कहार आते हैं। आगे-पीछे हथियारबन्द सिपाही हैं। दिल्ली के सूबेदार की सवारी देखकर, ढिंढोरची अचकचाकर चुप हो जाता है, और सलाम में झुक जाता है। सलीम गले से माला उतारकर ढिंढोरची को फेंकता है। ढिंढोरची माला लेकर फिर कोर्निश में झुकता है। दृश्य जड़ (फ्रीज) हो जाता है।)

इति

परिशिष्ट

परिशिष्ट-1

मोहम्मदशाह रंगीले के दरबार में गाई जाने वाली बंदिशें

1. बन्दिश : मियां मल्हार, एक ताल (विलम्बित)

स्थाई :

ममंदसा रंगीलेरे, बलमा तुम बिन मैंका
कारी बदरिया नेक न सुहावे

अन्तरा :

उमड़-उमड़ घन आवे, नैनन झर लगावे
तरसावै सदा रंगीले को सुखदाई
चमक बिच डरावै ममंद सा।

2. बन्दिश : राग गौड़-मल्हार

स्थाई :

रुम झुम बदरवा बरसे, दामिनी दमके पवन चले
पापी पपीहा पियु-पियु करे

अन्तरा :

मंमद सा पिया सदा रंगीले, उन बिन जियरा तरसे
नन्ही-नन्ही बूंदे, मेघा बरसे
भींज गई तन सब सरसे

3. बन्दिश : राग दरबारी कान्हड़ा

स्थाई :

बंधनवा बांधो रे, बांधो रे, बांधो सब मिलिके मालिनिया
ममदसा प्यारे के घर काजे

अन्तरा :

सदारंगीली तान कसो बधावा गावो माई
सब सायत सों आजे।

4. बन्दिश : राग मियां मल्हार (त्रिताध मध्यलय)

बोल रे पपैया अब घन गरजे
उन उन कर आई बदारिया
बरसन लागी सदा रंगीले
मंमदसा दामिनी सी चाँद
कौंधे मोरा जिया लरजे

5. होरी

होरी को रंग हुरदंग मच्योरे भइया
फागुन फुहार आज होली है।

तक तक तक तक मारे पिचकारी
नाचत गावत दै दै तारी

अ र र र र र र र मलत गुलाल मुख
होरी की होरी बरजोरी है।।

तिनक तिनक तिन धिनक धिनग धं
धागे न तु न क धिं धागु न तुन न कधि
बाजत ढोल मृदंग बांसुरी
शहनाई और ढोरी है।

परिशिष्ट-2
नाटक के आधार-स्तम्भः ऐतिहासिक साक्ष्य

Extracts from the 'Fall of Mughal Empire', Vol. 2
by Sir Jadunath Sarkar (Reprint, 1971),
Orient Longman, New Delhi

- Muhammad Shah had come to the throne in 1719 at the age of 17. For seven years before that event he had been kept under confinement in the palace harem and had received no education such as might fit a man to rule a kingdom or lead an army.

  — Page 4

  But his sedentary life of inactivity and his sexual excess soon impaired his constitution and he became a confirmed invalid by the time he was only forty. The evil was agravated by his taking to opium, and this drug habit made him weak and emaciated, till at last it became impossible to move him from his palace.

  — Pages 4 & 5

- When the fires of youthful passions had burnt themselves out, a deep melancholy settled on Muhammad Shah, and towards the end of his life he loved to frequent the society of faqirs.

  — Page 5

- The Queen-mother Udham Bai, formerly a public dancing girl, had been introduced to Mohammad Shah's notice by Khadija Khanam, the daughter of Amir Khan, and had so fascinated the Emperor as to be raised to be dignity of a queen.

  — Page 209

- But what outraged public sentiment and lowered the imperial prestige most was her intimacy with the eunuch Javed Khan, who even went so far as to pass his nights in the imperial harem, in defiance of the long-standing palace rules.

  — Pages 208 & 210

palace gate and when the nobles and other courtiers came to attend the darbar, they audaciously urged them, saying, "First make your bow to these. This one (pointing to the ass) is the Nawab Bhadur (Javed Khan) and that (the bitch) is Hazrat Qudsia, the Queen-mother"!

— Page 110

1 He (Javed Khan) had established complete Away over the mind and body of Udham Bai even before her husband's death.

— Pages 210 & 211

1 In the midst of the ennui caused by sensual excess, he (Ahmed Shah) used to seek diversion in childish act of sovereignty.

— Page 206

1 ...or that the equally important charge of Kashmir...he conferred on a still smaller prince Tala Sa'id Shah (one year old) as absentee 'subahdar', with a lad of fifteen (another court favourity) as the 'naib nazim'.

— Page 207

1 It is said that Udham Bai put on white robes and discarded her jewels and ornaments (like a widow, on the death of Javed Khan).

— Page 277

नाटक के लेखक दया प्रकाश सिन्हा

हिन्दी के लब्धप्रतिष्ठ नाटककार दया प्रकाश सिन्हा की रंगमंच के प्रति बहुआयामी प्रतिबद्धता है। पिछले पचास वर्षों में अभिनेता, नाटककार, निर्देशक, नाट्य-अध्येता के रूप में भारतीय रंगविधा को उन्होंने विशिष्ट योगदान दिया है। दया प्रकाश सिन्हा अपने नाटकों के प्रकाशन के पूर्व, स्वयं उनको निर्देशित करके संशोधित/संवर्धित कर उन्हें मंचसिद्ध करते हैं, इसीलिए उनके सभी नाटक साहित्यगत/ कलागत मूल्यों को सुरक्षित रखते हुए मंचोपयोगी हैं।

दया प्रकाश सिन्हा के अन्य प्रकाशित नाटक हैंः मन के भंवर, सादर आपका, इतिहास चक्र, मेरे भाईः मेरे दोस्त, दुश्मन, ओह अमेरिका, सीढ़ियाँ, अपने-अपने दाँव, साँझ-सवेरा, पंचतंत्र लघु नाटक, हास्य एकांकी (संग्रह) इतिहास, कथा एक कंस की तथा रक्त-अभिषेक।

नाट्यलेखन के लिए दया प्रकाश सिन्हा केन्द्रीय संगीत नाटक अकादमी, नई दिल्ली के राष्ट्रीय पुरस्कार **अकादमी सम्मान**, उत्तर प्रदेश संगीत नाटक अकादमी के **अकादमी पुरस्कार**, उत्तर प्रदेश हिन्दी संस्थान के **साहित्य भूषण** तथा **लोहिया सम्मान**, हिन्दी अकादमी दिल्ली के **साहित्यकार सम्मान**, भुवनेश्वर शोध संस्थान, शाहजहांपुर के **भुवनेश्वर सम्मान**, आदर्श कला संगम, मुरादाबाद के **फ़िदा हुसैन नरसी पुरस्कार**, मध्य भारतीय हिन्दी साहित्य सम्मेलन, ग्वालियर के **उर्मिला देवी मिश्र स्मृति पुरस्कार** तथा नाट्यायन, ग्वालियर के **भवभूति सम्मान** से विभूषित किए जा चुके हैं।

नाट्य-लेखन के अतिरिक्त दया प्रकाश सिन्हा की रुचि लोक कला, ललित कला, पुरातत्व, इतिहास और समसामयिक राजनीति में भी है। वह आई.ए.एस से अवकाश-प्राप्ति के पश्चात् स्वतंत्र लेखन और रंगमंच से संबद्ध है।

समय-विशेष से प्रेरित नाटक को सर्वकालिक आयाम देना ही उनके नाटकों को उत्कृष्ट साहित्य मूल्यों से विभूषित करता है।

'सीढ़ियाँ' नाटक का नायक न मुग़ल बादशाह मोहम्मदशाह रंगीले है, और न ढिंढोरची से सूबेदार बनने वाला सलीम। इसका नायक वह कालखण्ड है, जिसमें वही सत्य है जिसकी विजय हो और जिसमें सत्य पर असत्य, आस्था पर अनास्था, प्रेम पर वासना और करुणा पर हिंसा की जीत युगधर्म है।